3ª edição

Moacyr Scliar

Aquele estranho colega, o meu pai

ENTRE LINHAS
ADOLESCÊNCIA

Ilustrações: Angelo Abu

Atual Editora

Série Entre Linhas

Editor • Henrique Félix
Assessora editorial • Jacqueline F. de Barros
Coordenadora de preparação de texto • Maria Cecília F. Vannucchi
Revisão de texto • Pedro Cunha Júnior e Lilian Semenichin (coords.) / Elza Maria Gasparotto
Sandra R. de Souza / Célia R. do N. Camargo

Gerente de arte • Nair de Medeiros Barbosa
Coordenação de arte • Mizue Jyo
Diagramação • Elen Coppini Camioto
Projeto gráfico de capa e miolo • Homem de Melo & Troia Design
Suplemento de leitura e Projeto de trabalho interdisciplinar • Veio Libri
Consultoria editorial • Vivina de Assis Viana Mansur

Dados Internacionais de Catalogação na Publicação (CIP)
(Câmara Brasileira do Livro, SP, Brasil)

Scliar, Moacyr, 1937-2011
Aquele estranho colega, o meu pai / Moacyr Scliar ; ilustrações de Angelo Abu. – 3. ed. – São Paulo : Atual, 2005. – (Entre Linhas : Adolescência)

Inclui roteiro de leitura.
ISBN 978-85-357-0247-7

1. Literatura infantojuvenil I. Abu, Angelo. II. Título. III. Série.

01-6376 CDD-028.5

Índices para catálogo sistemático:

1. Literatura infantojuvenil 028.5
2. Literatura juvenil 028.5

SARAIVA Educação S.A.
Avenida das Nações Unidas, 7.221 - Pinheiros
CEP 05425-902 - São Paulo - SP
www.coletivoleitor.com.br
Tel.: (0xx11) 4003-3061
atendimento@aticascipione.com.br

3ª Edição
13ª Impressão
2020

CL: 810472
CAE: 602609

Impressão e acabamanto: Edições Loyola

Sumário

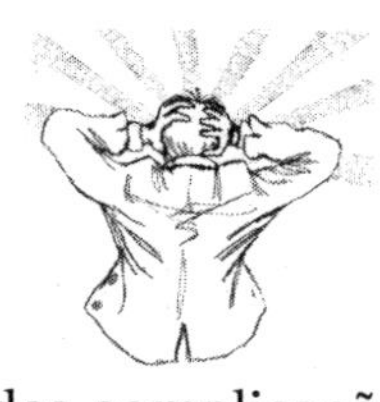

O crime não compensa – principalmente quando unido à incompetência

Como político corrupto, meu pai não era lá essas coisas. Para começar, seu campo de atuação era muito limitado. Vereador de cidade pequena e pobre, eleito com um mínimo de votos por um obscuro partido que apoiava o prefeito, mas não recebia muito em troca, papai não tinha muito a oferecer aos lobistas, aliás raros no lugar. Além disso, era um desastrado: deixava por toda parte pistas de suas desajeitadas negociatas.

Que nem mereceriam esse nome. Quando se fala em negociata, pensa-se em milhões de dólares. O que para meu pai seria um sonho. Para começar, ele não operava com dólares – moeda americana era, para ele, coisa estranha; depois, "milhões" era um termo que não cabia na sua modesta contabilidade. Na verdade, ele conseguia para seus clientes pequenos favores; por exemplo, quando a prefeitura comprava serviços de terceiros, ele falava com o encarregado, recomendando seus amigos; ameaçava, suplicava, chorava, e, às vezes, até obtinha algum resultado. Ou então conseguia cancelar uma multa. Por esses "serviços" ganhava modestas comissões, que lhe permitiam trocar de carro quando o velho estava caindo aos pedaços, ou então comprar um terno. O que, claro, de imediato chamava a atenção na cidade. "Carro novo, hein?", comentavam os amigos, com ar malicioso. Meu pai gaguejava uma desculpa qualquer, que não convencia ninguém.

Como dizia meu tio, irmão dele, papai estava mais para Ali Babá do que para os quarenta ladrões. Ninguém se admirou, portanto, quando o escândalo – na verdade, um miniescândalo – da Construtora Ferraz veio à luz.

A história não era muito diferente dessas que volta e meia aparecem nos jornais, e nem sempre na primeira página (no caso do meu pai deu manchete, claro; em primeiro lugar porque o jornal da cidade andava meio sem assunto, e depois porque ele era azarado mesmo). A construtora havia adquirido um terreno nos arredores da cidade para ali construir o que seria chamado de Império das Águas, um nome imponente para um pequeno parque com alguns tanques e piscinas onde as famílias iriam, supostamente, se divertir muito. Acontece que o tal terreno ficava num lugar de difícil acesso: não havia sequer ruas naquela região. Meu pai ofereceu-se ao Ferraz, seu amigo de infância, para apresentar um projeto obrigando a prefeitura a construir uma avenida – sim, nada menos do que uma larguíssima avenida – até o futuro parque. De início, Ferraz mostrou-se cético: você não consegue nada, rapaz, todo o mundo sabe que sua influência na Câmara dos Vereadores é quase zero. Meu pai, porém, insistiu: já tinha feito contatos prévios e podia garantir os votos necessários para a aprovação do projeto:

– Mais fácil que roubar de velhinhas – garantiu.

Relutante embora, Ferraz acabou concordando. Fez um pequeno adiantamento em dinheiro, comprometendo-se a entregar o resto quando o prefeito assinasse o competente decreto. Papai foi embora satisfeito, convencido de que aquele era apenas o começo de uma série de lucrativas safadezas.

Por incrível que pareça, essa conversa, que teve como cenário o escritório do Ferraz, desenrolou-se na frente de uma testemunha: a senhora Margarida, secretária. Verdade que se tratava de pessoa discreta, silenciosa – e leal, segundo se dizia. Lealdade só aparente, contudo. Dona Margarida andava ressentida com o patrão, que não quisera lhe pagar uns atrasados. Coisa pouca, para ele. Não para a funcionária, que tinha orçamento apertado. Na verdade, tão revoltada estava que não hesitou em, disfarçadamente, gravar a conversa dos dois. Era a primeira vez que usava o pequeno gravador, ganho num sorteio. Mesmo assim, a gravação saiu boa – tão boa, que ela resolveu levar a coisa adiante, mesmo porque estava revoltada com aquela sacanagem toda, inclusive, e principalmente, com aquela menção ao roubo de velhinhas. Foi à rádio, foi aos jornais, contou tudo o que tinha ouvido. A repercussão foi enorme: ela recebeu de imediato o apoio de muitas pessoas, a começar pela Sociedade Palas Atenas, formada por senhoras de idade que se reuniam uma vez por semana para tomar chá e conversar – sociedade da qual ela era a secretária-geral.

– O Ferraz e aquele vereador cafajeste vão aprender de uma vez por todas a valorizar a honestidade – afirmou dona Margarida ao deliciado repórter do *Notícias em Destaque*, programa radiofônico que toda a cidade ouvia.

De início Ferraz reagiu com surpresa – e irritação. Acusou dona Margarida de todos os pecados e faltas imagináveis – inclusive de lhe ter feito ousadas propostas sexuais. Meu pai apoiou-o, com certa apreensão – que se mostrou justificada.

Daí em diante as coisas se precipitaram. Ferraz não tinha como negar a evidência. Na fita, sua voz era inconfundível, inclusive por causa do tom gutural e do erre carregado. Defendeu-se dizendo que a iniciativa não fora sua, e que nada mais estava fazendo do que preservar seu negócio, do qual, aliás, resultariam vários benefícios para a cidade. Já a situação de meu pai era muito mais complicada; a opinião pública estava toda contra ele. O prefeito, apesar de correligionário, disse que não o defenderia:

– Melhor você renunciar – aconselhou. – Alegue questões de saúde, coisas assim, e deixe o cargo.

Quixotescamente, papai resolveu lutar por seu mandato – "contra tudo e contra todos", conforme declarou ao jornalista que o entrevistou. No dia seguinte a charge do jornal, muito malfeita, mostrava meu pai fugindo, como um rato assustado, de uma multidão ululante e gritando: "Resistirei contra tudo e contra todos".

O processo de cassação tramitou rapidamente e foi aprovado por unanimidade. De repente, e aos 40 anos, meu pai se via sem meios de sustento e execrado pela população da cidade.

Vocês agora perguntarão como é que eu me conduzi durante essa história toda. Bem, deixem-me falar então um pouco a respeito.

Sou filho único. À época do episódio eu estava morando com minha mãe, que é auxiliar de enfermagem. Três anos antes ela tinha se separado de meu pai. Uma separação tumultuada, na qual o acusou de numerosas safadezas conjugais – que ele, aliás, tinha cometido mesmo: em matéria de sacanagem o homem era polivalente, não se restringia à política. Não posso dizer que a cassação do mandato a deixou alegre, mas triste é que não ficou.

– Eu sempre disse que mais cedo ou mais tarde isso haveria de acontecer – foi o seu seco comentário. – O Antônio não toma jeito mesmo.

Mas minha mãe não era uma pessoa rancorosa. Na verdade, tinha pena de meu pai; sabia que, no fundo, ele não passava de um tipo infantil, ingênuo, desses que passam o tempo sonhando com o grande golpe. E depois... Talvez o amasse ainda; não sei; essas coisas são sempre muito complicadas, às vezes mais complicadas do que novela de tevê. O certo é que resolveu visitá-lo, no modesto hotel onde morava. Voltou muito apreensiva.

– Seu pai não está bem – foi logo dizendo. – Não está nada bem.

Encontrara-o de cuecas, atirado na cama, desgrenhado e barbudo, meio bêbado e falando em se matar. Uma ameaça que ela não levou muito a sério – esses pronunciamentos teatrais eram rotina na vida de papai, principalmente quando fazia alguma bobagem e/ou bebia – mas, de qualquer modo, ficara preocupada:

– Temos de fazer alguma coisa – afirmou, no tom imperativo que era uma característica sua e que a tornara famosa no hospital. E que eu conhecia bem: sabia que, tendo decidido algo, ela não costumava voltar atrás.

— O quê? — perguntei. Não sem certa irritação, devo confessar. Tratava-se de meu pai, sim, e pai é pai, mesmo quando está metido em confusão, talvez principalmente quando está metido em confusão. Mas eu não me sentia na obrigação de ajudá-lo. Nossas relações eram distantes, para dizer o mínimo. Encontrava-o raramente, e, quando isso acontecia, a situação para mim era mais desconfortável do que qualquer outra coisa. Pouco tínhamos em comum, a conversa limitava-se ao formal: como está o colégio, o que você acha de tal ou qual jogador. Além disso, quisesse eu ou não, estava pagando um preço pelo escândalo — no colégio, principalmente. Meus colegas sabiam que eu não morava com meu pai, que nada tinha a ver com ele; nem por isso deixavam de me olhar com curiosidade — perversa curiosidade —, como que perguntando: "O que é que se passa na cabeça desse cara, o que ele pensa do pai dele?". E os risinhos, e algumas ironias. Ninguém se atreveria a hostilizar-me diretamente; aos 15 anos, eu era grande, forte, e tinha uma fama, aliás justificada, de brigão; não poucos haviam sentido o peso de meu braço. De modo que por esse lado poderia ficar tranquilo, relativamente tranquilo. Contudo, a coisa me pesava; muitas noites, insone, fiquei rolando na cama, perguntando por que diabos tinha o destino me dado um pai daqueles. Não era de estranhar, portanto, que eu não estivesse muito disposto a fazer algo pelo homem, como queria mamãe.

Ela não gostou dessa minha atitude reticente:

— Não preciso lembrar que ele é seu pai — disse, severa.

Aquilo poderia ser o começo de uma discussão, das muitas que tínhamos, sobre papai ou sobre qualquer outro assunto: tanto ela como eu tínhamos isto em comum, adorávamos um bate-boca. Gritávamos, xingávamos, depois nos abraçávamos e tudo terminava bem. Mas não era o momento para brigar. De modo que fiquei quieto.

— Estive pensando no que podemos fazer para ajudar o Silva — continuou ela (engraçado é que sempre o chamava pelo sobrenome, que aliás fizera questão de retirar de seu próprio nome). — E cheguei a uma conclusão.

Pausa. Olhou-me:

– Você não quer saber qual é?

– Vá em frente – disse, sem conseguir disfarçar a contrariedade.

Ela abanou a cabeça, aborrecida:

– Parece que, se eu depender de sua boa-vontade, estou bem arranjada. Não importa: querendo ou não, você vai ter de assumir essa preocupação. Aliás, não só assumir a preocupação: você vai ter de ajudar. Isso eu não estou pedindo, estou exigindo. É meu direito, é sua obrigação. Portanto, preste bem atenção no que vamos fazer. Nós vamos tirar seu pai desta cidade.

Não posso negar que até respirei aliviado. Porque aquilo, na verdade, me parecia uma boa ideia. Em primeiro lugar, tiraria o homem do noticiário, ao menos por uns tempos – e quem não é visto, não é (felizmente, no caso) lembrado. Em segundo lugar, nos livraríamos daquela presença incômoda.

– Descobri o lugar ideal para isso – continuou mamãe. – É uma cidadezinha pequena no interior do Paraná. Lá, com certeza, ninguém o conhece. Ele vai poder ficar lá um bom tempo. Arranjei-lhe inclusive um emprego.

Ótimo. Papai longe, papai trabalhando – o que, para ele, seria muito educativo. Grande solução, concluí, e ia até felicitar mamãe pela sabedoria – mas aí veio a bomba:

– Você vai junto – disse ela.

Pensei não ter ouvido bem.

– Como é que é?

– Você vai junto com seu pai – repetiu ela. Vacilou um momento e prosseguiu: – É necessário, Pedro. Seu pai não é o que aparenta. No fundo, ele não passa de uma criança desamparada. Não pode ficar sozinho, senão faz bobagem. Você já tem idade suficiente para ajudá-lo. E além disso você é filho dele. Ele carregou você no colo, trocou suas fraldas, ajudou a cuidar de você quando você ficou doente. Acompanhá-lo nesse transe difícil é o mínimo que você pode fazer para retribuir o que ele fez por você, mesmo que não tenha sido muito. O que me diz?

O que eu poderia dizer? Aquilo não era só um transtorno, era uma verdadeira catástrofe. Eu teria de deixar meus amigos, minha namorada Fernanda (verdade que naquele momento estávamos dando um tempo, mas enfim), meus estudos, minha cidade – para quê? Para ajudar um homem que para mim era quase um estranho? E o pior seria conviver com ele durante um, dois anos, talvez mais.

Eu não entendia aquela proposta de mamãe. E, pior, uma suspeita surgiu instantaneamente em minha cabeça. Nos últimos tempos ela vinha saindo com o chefe da contabilidade do hospital em que trabalhava. Eu não tinha nada contra o cara, que era simpático, tratava-me bem – e, para minha mãe, poderia representar a chance de uma felicidade que ela nunca tivera. Mas a verdade é que a presença dele em nossa casa me inibia, e mamãe já o percebera. Será que não estava inventando aquela história de acompanhar meu pai para se ver livre de mim, ao menos por uns tempos, por um período que lhe permitisse morar com o namorado?

Dessa suspeita não falei. Não seria justo. Mesmo que a hipótese fosse verdadeira, eu era obrigado a reconhecer que minha mãe tinha direito a fazer tal tentativa; não seria eu quem a condenaria. Enfim, salvar a vida sentimental dela, tudo bem. Outra coisa, contudo, era morar com meu pai, provavelmente em um lugar pequeno, partilhando com alguém de quem eu não gostava um quarto, o banheiro, a comida – a vida, enfim. Não era exatamente a minha ideia de uma existência feliz. Como que adivinhando meus pensamentos, mamãe ponderou:

– Pense nisso como uma oportunidade de aproximar-se de seu pai. Eu nada mais tenho a ver com ele, mas você é filho. Imagino que esteja ressentido, mas você não deve se entregar ao rancor: ninguém rejeita um pai impunemente. Um dia você se arrependerá, e aí poderá ser tarde demais. Acredite, é bom aceitá-lo como ele é – e agora. Sei do que estou falando.

Sabia mesmo. Brigada com seu próprio pai, minha mãe só viera a se reconciliar com o homem quando este estava morrendo. Nunca falava a respeito, mas às vezes eu a via chorando às escondidas e tinha certeza de que era por causa disso. Um coração culpado sempre padece.

Mas eu não me entregaria facilmente:

– Negativo. Eu não rejeitei o meu pai. Ele é que nos rejeitou.

O seu rosto se tornou sombrio, duro. Eu sabia o que aquilo significava: ela estava se preparando para virar a mesa. Coisa que só fazia de vez em quando – mas quando o fazia, era para valer. E foi o que aconteceu:

– Escute, rapaz. Eu agora não estou pedindo. Estou ordenando. Você vai com seu pai.

Respirou fundo:

– Ou então, saia desta casa e nunca mais fale comigo. Filho que não ajuda os pais, filho que abandona os pais, não é filho. E, se você não é filho, não quero você aqui.

Olhei-a. Ela estava falando sério – aliás, eu nunca a vira falar tão sério. Não me restava alternativa. A última coisa que eu queria era brigar com ela. Era minha mãe, era uma grande mulher, era a pessoa mais importante do mundo para mim. Eu a amava, e desse sentimento era a única coisa que tinha certeza.

– Está bem – suspirei –, você ganhou. Mas – acrescentei – se houver qualquer briga, qualquer discussão, eu volto. Na mesma hora. Certo?

Ela concordou, e de imediato passou aos detalhes práticos, devidamente listados numa folha de papel: mamãe era um primor de organização ("Se eu não me organizar", costumava dizer, "estou perdida").

Para viver, teríamos o salário de papai, mas mamãe também me mandaria uma pequena quantia mensal. Quanto aos estudos, não haveria problema: ela já tinha assegurado uma vaga num colégio da cidade.

– E quando a gente vai? – perguntei.

– Amanhã – foi a resposta, uma resposta que me deixou assustado: eu não teria sequer tempo de elaborar melhor aquela situação. Mas ela foi enfática:

– O que tem de ser feito, deve ser feito logo. Além disso, as aulas estão por começar e é bom que você esteja lá desde o início.

Perguntei como é que a gente iria até o lugar. De ônibus, foi a resposta. E seria uma longa viagem, uma noite inteira.

– Você gostaria de conversar com seu pai? – indagou ela.

— Para quê?

— Para trocar ideias, combinar detalhes...

— Conversaremos no ônibus — eu disse, de maus modos. — Haverá tempo para isso. Tempo demais, aliás, para o meu gosto.

Ela me olhou, preocupada e desgostosa:

— Você continua com má-vontade. Apesar do que eu lhe disse, você continua com má-vontade.

Aquilo era demais:

— Má-vontade? — explodi. — Má-vontade? Não, mãe. Má-vontade é pouco. Estou muito pê da vida com essa história. E como queria você que eu estivesse? De repente você me avisa que eu vou ter de largar tudo e me mandar lá para o fim do mundo com um homem que nunca me deu a mínima...

— Mas que é seu pai...

— Pode ser. Mas, de qualquer jeito, uma figura que para mim não significa nada. Com esse sujeito terei de conviver sabe-se lá como. E você quer que eu esteja de boa-vontade? Francamente, mãe!

Ela começou a chorar baixinho. O que me deixou consternado: minha mãe, mulher corajosa, nunca chorava — pelo menos não na minha frente. Mesmo diante de adversidades, que não eram poucas em sua vida, ela cerrava os dentes e ia em frente. E agora, subitamente, aquele inesperado pranto, cuja razão eu não entendia bem: se não quisera mais saber de meu pai, no que eu lhe dava toda a razão, por que derramava lágrimas por ele?

Não era o momento, contudo, de esclarecer aquela dúvida, nem qualquer outra. Não era o momento de falar, era o momento de abraçar e assim, aproximando-me dela, abracei-a, dizendo qualquer coisa do tipo "não chore, mamãe, vai dar tudo certo, você vai ver".

Ela parou de chorar, desvencilhou-se de mim, e enxugou as lágrimas. Por um instante ficou em silêncio, os olhos baixos. Depois fitou-me:

— Talvez você tenha razão — disse, em voz firme. — Talvez eu esteja pedindo demais a você. Mas um dia você ainda vai me agradecer.

Agradecer? Eu não acreditava muito nisso.

— Espero que você esteja certa.

Um começo não muito promissor

Eram sete da noite quando essa conversa terminou. Mamãe queria preparar o jantar, mas eu estava sem fome: resolvi despedir-me de Fernanda. Fui a pé até a casa dela, ali perto — em nossa cidade, tudo é perto. Caminhei pelas ruas, que conhecia tão bem, olhando as casas de nossos vizinhos: casas modestas, mas, de um modo geral, limpas, bem cuidadas. E não pude conter um suspiro: aquilo tudo me faria falta, muita falta.

O pai de Fernanda abriu-me a porta. Mostrou-se surpreso ao me ver, uma surpresa não agradável: vereador ele próprio, havia sido dos que mais atacaram meu pai. Homem inteligente, médico, não cometeria a injustiça de ver em mim uma espécie de prolongamento de papai; mas também não foi muito efusivo. Convidou-me a entrar, disse que Fernanda estava lá em cima, no seu quarto.

Subindo a escada, ouvi vozes: Fernanda, conversando muito animadamente — e com quem? Com o Kiko.

Kiko (ele fazia questão de escrever o apelido com *k*) era o Francisco, meu melhor amigo. Tão amigo que, de fato, eu iria procurá-lo, depois que saísse da casa de Fernanda. Os dois estarem ali era uma coincidência que, se me poupava de uma caminhada (ele morava num bairro mais afastado), deixava-me intrigado: a que se deveria tal visita? Verdade que eram amigos, bons amigos, e que, como disse antes, já não podia considerar Fernanda minha namorada; mas a coisa me incomodou, provocou-me ciúmes. Não havia, porém, razão para criar caso, de modo que engoli o ressentimento, bati na porta e fui entrando.

Ambos se mostraram surpresos com minha chegada. E estaria eu imaginando coisas, ou o Kiko parecia contrafeito? Deixei de lado essa paranoica dúvida e contei o que tinha acontecido. Quando terminei, fez-se silêncio. Um tenso, embaraçado silêncio. Que me deixou irritado:

— Será que vocês não têm nada a me dizer? Será que nem de vocês posso receber uma ajuda, um conselho? Um palpite, pelo menos?

Kiko, que estava sentado na cama de Fernanda, mexeu-se, incomodado:

— O que é que a gente pode dizer, cara? Isso que te aconteceu foi uma desgraça, não há dúvida. Mas o jeito é enfrentar. Acho que sua mãe está certa nessa coisa de tirar o seu pai de cena por uns tempos. E você...

— "Você afinal de contas é o filho dele", é isso? Isso eu já sei, isso estou careca de saber. Mas é só o que você tem a me dizer, você que é o meu melhor amigo?

Ele baixou os olhos, em silêncio. Eu ia dizer algum desaforo qualquer, mas de repente me dei conta da injustiça que estava cometendo: nenhum dos dois sabia o que dizer, o que provavelmente também aconteceria comigo se estivesse numa situação semelhante. Eu não tinha direito de submeter Fernanda e Kiko a tal interrogatório. Na verdade, eu estava é com ciúme, contrariado, e os dois servindo de saco de pancada.

— Desculpem — resmunguei. — Eu estou muito nervoso, nem sei bem o que estou dizendo.

– Quando é que você vai? – perguntou Fernanda.

– Amanhã à noite.

Hesitei. Poderia acrescentar algo do tipo "quem sabe amanhã de manhã a gente se vê", mas era orgulhoso demais para isso:

– Acho que a gente está se despedindo...

– Mas você volta, não volta? – perguntou Kiko. – Afinal você não vai para um lugar tão distante... E imagino que você vai querer visitar sua mãe.

– É. A gente ainda vai se ver.

Fernanda aproximou-se, pegou-me a mão, fitou-me nos olhos. Estava fazendo força para não chorar:

– Você me escreve?

– Claro que escrevo. E a gente pode se telefonar também...

Num ímpeto, abracei-a. Kiko juntou-se a nós, e ali ficamos os três, unidos naquele abraço que substituía tudo o que poderíamos dizer. Depois, afastei-me e, sem palavra, fui embora.

Fiquei andando sem destino. A nossa cidade não tinha nada de especial; nada de belas paisagens, ou de largas avenidas, ou de prédios monumentais. Mas era a minha cidade, ali eu tinha nascido e me criado. Fui ao bairro de classe média baixa onde tinha passado a infância (e que depois havíamos deixado: por causa da pretensa carreira política, meu pai achava que devíamos mudar para um lugar melhor), sentei em um banco na pracinha onde, criança, ele me levava para brincar. Sim, um dia aquele homem tinha brincado comigo na praça... Mas essas recordações estavam muito distantes. Na verdade, eu queria que ficassem distantes.

Já estava clareando o dia quando voltei para casa. Minha mãe, que sempre acordava cedo, preparava-se para sair. E não fez nenhum comentário acerca da hora:

– Tem café pronto na cozinha – limitou-se a dizer. Hesitou um pouco e acrescentou: – Se você quiser, posso voltar mais cedo para ajudar você a fazer a mala.

– Não se preocupe. Acho que me arranjo sozinho.

– Bom. Qualquer coisa, estou no hospital. É só você me ligar. Não esqueça de passar no colégio. Você precisa pegar seus papéis lá.

Beijou-me e saiu. E aí não aguentei mais: comecei a chorar. Um choro desesperado, que até a mim surpreendia e assustava: desde criança eu não chorava assim. Deitado na cama, enfiava a cabeça no travesseiro, tentando conter meus soluços. Finalmente, adormeci.

Acordei ao meio-dia. Minha mãe não vinha para casa, almoçava no hospital, de modo que comi rapidamente um sanduíche de queijo e fui até o colégio, a poucos quarteirões de distância. Felizmente, não encontrei colega algum: por causa das férias só a secretaria estava funcionando. Dona Gema, a velha secretária, que me conhecia desde criança, ficou surpresa de me ver ali. Eu disse o que queria e ela ficou mais intrigada ainda:

– Mas você vai deixar o colégio? O colégio que você frequenta desde criança...

– É que vou passar uns tempos fora. Desculpe, dona Gema, mas não posso lhe dar mais detalhes. Outra hora explico tudo.

Suspirando, ela preparou os papéis.

– Vá com Deus – disse, ao entregar-me o envelope. – Não sei bem o que está acontecendo, mas posso imaginar. Só espero que dê tudo certo.

– É o que eu espero também, dona Gema.

Voltei para casa e comecei a preparar a mala. Eu não sabia exatamente o que levar, mas sabia que não seria muita coisa; só o essencial. Roupas, artigos de higiene, uma única foto: minha mãe e eu numa festa do hospital. De alguma forma, parecia-me que eu estava mudando não apenas de cidade, mas de vida. Quanto mais objetos eu levasse comigo, maiores seriam os laços com o passado. E talvez fosse o momento de romper alguns desses laços.

O que não foi fácil. Remexendo minhas coisas, detive-me muitas vezes a olhar velhos livros, velhos cadernos, até um diário que eu escrevera entre os 10 e os 11 anos. Por vezes, tinha de parar e enxugar uma lágrima. Quando minha mãe retornou, eu ainda estava ali, no meio daquela confusão toda. Ela se alarmou: "Mas você ainda não fez a mala, Pedro, que coisa, daqui a pouco temos de ir para a rodoviária".

Apanhou a surrada valise que usávamos para viajar e rapidamente acomodou ali minhas roupas. Mamãe sempre foi decidida, talvez por causa de sua profissão, mas a verdade é que eu não gostava muito de atitudes assim, que me deixavam meio passivo, meio infantil. Mas não era o momento de brigar, nem eu tinha disposição para isso. Não recusei, portanto, o bife com arroz que ela rapidamente preparou, nem o sanduíche que insistiu para que eu levasse ("Você pode sentir fome durante a viagem"). E fazia todas essas coisas com pressa febril, falando muito. Eu sabia a razão: se ela parasse, se me olhasse por um segundo que fosse, começaria a chorar. E não queria chorar. Queria mostrar-se forte.

O ônibus saía numa hora muito conveniente: dez e meia da noite. Conveniente para o meu pai, digo. Desde a sua cassação, ele evitava ser visto; passava os dias trancado no apartamento — fazendo o quê, ninguém sabia. Mas àquela hora da noite as ruas estariam vazias e a estação rodoviária também. Não precisaria temer comentários debochados e/ou hostis.

Chegamos por volta das dez, como combinado. Ele não estava lá:

— Típico — resmungou minha mãe. Mas procurou logo disfarçar a contrariedade com um sorriso amarelo: — Ele deve ter se atrasado. Seu pai é meio atrapalhado, você sabe.

Faltavam cinco minutos para o ônibus sair, e o motorista, impaciente, consultava o relógio, quando ele finalmente deu as caras. A princípio não o reconheci: usava um terno grotesco, de uma coloração meio lilás, uma camisa listrada e uma gravata em que centenas de camundongos Mickey, de mãos dadas, celebravam não se sabia exatamente o quê. Ah, sim, e estava de óculos. Enormes óculos escuros, que supostamente lhe confeririam o anonimato que tanto desejava, mas que faziam o efeito exatamente oposto: era impossível não notar sua presença. Felizmente, e conforme previra minha mãe, a estação rodoviária estava quase deserta; o homem da lanchonete, contudo, obviamente reconheceu papai e acho até que ia dizer algo do tipo roubou do povo e agora está fugindo; mas, por alguma razão, desistiu, voltando a seu jornal, o que para mim foi um alívio. Meu pai, esbaforido, pediu desculpas pelo atraso, alegando um motivo qualquer, que mamãe não quis nem ouvir: "Entrem logo, o ônibus está para sair". Meu pai, desajeitadamente, beijou-a no rosto:

— Você nem imagina como estou grato. Você é —

— Eu sei — disse mamãe. — Sou uma grande pessoa, uma mulher admirável... Sei. Agora entre no ônibus. Está aqui a sua passagem.

Mal tive tempo de abraçá-la: o veículo já começava a se mover. Da porta ainda a vi enxugando os olhos.

Bem, então tinha chegado o momento. Ali estávamos nós, pai e filho, lado a lado, começando uma viagem cujo resultado não podíamos antecipar.

— Você prefere janela ou corredor? — perguntou.

— Corredor.

(Junto à janela, e encolhido, ele ficaria menos visível.)

Ocupou seu lugar, e só então tirou os óculos. Olhou-me:

— Calorzinho, né?

Calorzinho, né. Calorzinho, né. Pelo jeito, era àquele tipo de expressão que se resumiria nosso diálogo durante a viagem, e provavelmente nos longos meses que se seguiriam. Calorzinho, né. Friozinho, né. Bonzinho, né. Chatinho, né. Deus. Deus. De onde eu tiraria força para aguentar aquilo?

Tentou puxar conversa. "Faz tempo que a gente não se vê, gostaria de saber o que você anda fazendo, quais são seus planos, etc." Mas eu, decididamente, não estava a fim de papo. Não naquele momento, pelo menos. Um dia a gente teria de falar e falar muito, falar tudo; teríamos de ir ao fundo do poço. Mas não naquele momento. Eu disse que estava muito cansado, que gostaria de dormir um pouco. Como se fosse uma coisa combinada, o motorista, justo naquele momento, apagou as luzes. Ficamos no escuro. Os poucos passageiros se acomodaram melhor, preparando-se para uma longa noite.

Cansado como estava, eu não conseguia, contudo, adormecer. Meu pai, pelo contrário, pegou no sono em seguida. O chamado sono dos justos, sabem? Dormia — e roncava. Como roncava! Seu ronco ressoava pelo ônibus, mais forte inclusive que o rugido do potente motor.

Eu já tinha esquecido — a longa separação — que meu pai roncava. De início, a minha reação foi de espanto: ele era um homem pequeno, magrinho, como conseguia fazer tanto barulho? Depois, fiquei muito irritado. Aquilo me parecia uma antecipação do que tínhamos pela frente. Meu pai continuaria incomodando. Mesmo dormindo.

Àquela altura os outros passageiros já tinham acordado. Muitos voltavam-se para trás, para onde estávamos, e com cara de poucos amigos. Finalmente, um deles, um homem alto, forte, bigodudo, veio até nós:

— É seu pai?

— É.

— Ele não está deixando ninguém dormir com esse ronco. Não dá pra fazer alguma coisa?

— Não dá. — Hesitei um instante, e continuei. — É uma coisa que ele tem na garganta, sabe? Uma... uma doença. Muito grave. Na verdade, o coitado nem vai durar muito.

A expressão do homem mudou de imediato, a raiva dando lugar à piedade, à consternação:

— Que coisa — murmurou. — Desculpe, eu não sabia. Bom, se é assim a gente tem de aguentar, não é mesmo? Doença é doença.

Pronto. Eu tinha mentido. E não tinha mentido por uma causa boa, justa; tinha mentido para garantir o ronco de meu pai. O que em nada diminuía minha irritação.

Remoendo meu ressentimento, acabei por adormecer, com ronco e tudo. Acordei com ele me sacudindo:

— Estamos chegando.

O ônibus deteve-se na rodoviária por um momento — aquele não era seu destino final —, o tempo suficiente para desembarcarmos. E ali estávamos, em Caraguataí.

Os primeiros dias de uma nova vida

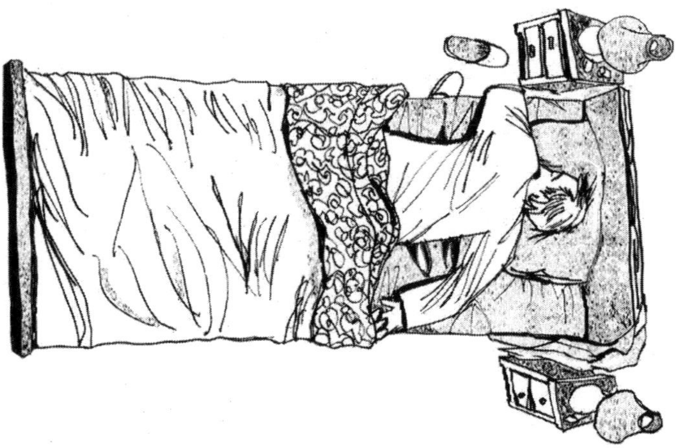

Minha mãe tinha dito que era uma cidade pequena. Mas a verdade é que não era tão pequena assim: passamos por vários bairros antes de chegarmos à estação rodoviária, quase no centro. Mas aquilo não seria de todo mau: quanto maior a população, maior a chance de meu pai sumir nela. E o objetivo não era tirá-lo de circulação?

Desembarcamos do ônibus cansados ambos, meu pai se queixando de dor nas costas. Fomos, portanto, procurar a pensão onde ficaríamos até alugarmos uma pequena casa ou apartamento. Não tivemos de andar muito: a pensão ficava a uns trezentos metros dali, num antigo casarão. Batemos à porta e abriu-nos a proprietária, dona Teresa. Mirou-nos de alto a baixo, como quem diz "então essa é a dupla estranha", e fez-nos entrar. Mostrou-nos o quarto; era limpo e agradável, mas infelizmente pequeno: conviver ali realmente não seria fácil. A alternativa seria alugar dois quartos; para isso, contudo, não tínhamos dinheiro. Meu pai era um corrupto pobre. Nem mesmo de seus vencimentos de vereador sobrara alguma coisa. Quando começasse a trabalhar (e eu já estava vendo que teria de ajudar, fazendo algum bico), as coisas melhorariam.

Arrumamos nossas coisas. Meu pai perguntou se eu queria comer algo, eu disse que não, que pretendia dormir, recuperar o sono atrasado.

– Bem – disse ele – então acho que vou ver o tal emprego de vigilante.

Tentou aparentar naturalidade, mas evidentemente aquilo era uma humilhação, sobretudo para quem, como ele, havia sonhado com muito dinheiro, e dinheiro fácil. Agora, porém, dava-se por satisfeito por ter arranjado um emprego. Ele teria de cuidar do depósito de uma grande loja de eletrodomésticos. O gerente, conhecido de um conhecido de mamãe, resolvera admitir meu pai, apesar dos duvidosos antecedentes.

Tão logo ele saiu, deixei-me cair na cama e adormeci, um sono bruto, pesado. Quando acordei, já estava anoitecendo. Ele estava diante de mim, já vestindo o uniforme de vigilante.

– Que tal? – perguntou.

Era tão evidente o seu orgulho que não pude deixar de apiedarme dele. Então era aquilo que lhe restava? Um uniforme de vigilante? Pobre papai. Era uma lição de humildade que ele estava recebendo, mas uma lição pesada demais.

– Foi presente da empresa – continuou, sorridente. – E não é só isso. Tem mais: lanches de graça, assistência médica... Um bom emprego. Graças à sua mãe.

Olhou o relógio:

– Bem, vou indo. Volto pelas oito, mais ou menos. Você estará aqui?

Bem que eu poderia esperá-lo, para tomar café, para ouvi-lo falar da primeira noite como vigilante. Seguramente teria muitas histórias a contar: era algo que ele sabia fazer bem, contar histórias, coisa que aliás o ajudara na eleição. De novo, porém, o ressentimento foi mais forte:

– Não. Vou sair cedo. Quero ir até o colégio, ver a questão da matrícula.

Suspirou:

– Pelo jeito, a gente não vai se ver muito durante a semana. Não faz mal: sempre tem o sábado e o domingo.

Saiu. E aí atirei-me na cama e caí no choro. Chorei tudo o que não tinha chorado na minha infância e na adolescência, todas as mágoas, todas as dores, todas as angústias, todas as frustrações: por que eu não podia ser igual a todos? Por que eu não podia ter uma família normal, como a de meus amigos? (Daqueles que tinham problemas com pai e mãe não lembrei, claro.) Chorei horas a fio. Como se todo o pranto represado tivesse enfim rompido as barreiras, gerando aquela torrente de lágrimas que ensopou o travesseiro.

Finalmente parei de chorar, sentei na cama, respirei fundo. De nada adiantava ficar me lamentando. Aquele era o pai que eu tinha, que o destino me dera. Não se tratava do super-homem que todo filho quer, mas paciência.

Li um pouco, e aí, cansado, tornei a me deitar e adormeci. Dormi tanto que, quando acordei, o sol já estava alto. Tonto, levei uns segundos até me dar conta de onde estava. E então vi na cama ao lado meu pai, dormindo. Na cadeira, o uniforme, cuidadosamente dobrado. Pelo visto, ele tinha cumprido sua primeira jornada de trabalho.

E eu tinha de cumprir a minha. Levantei-me, fui até o banheiro – no corredor – e lavei-me. Desci a vacilante escada e encontrei a dona Teresa:

– O horário do café já terminou. É das seis e meia às oito.

Devo ter feito uma cara muito triste, porque ela resolveu fazer uma concessão:

– Está bem. Como você é novo aqui, vou abrir uma exceção. Mas é só hoje, hein? Só hoje. E avise seu pai que ele também deve seguir o regulamento da casa.

Levou-me até a cozinha e serviu-me uma reforçada refeição. E sentou-se ao meu lado:

– Você permite que eu tome um café com você?

Eu não podia dizer que não, depois do favor que ela me havia feito. Mas logo ficou claro que ela não estava ali para fazer as honras da casa. Queria saber mais sobre os novos hóspedes. Perguntou de onde vínhamos, o que fazíamos, quanto tempo pretendíamos ficar.

– Não que seja de minha conta – apressou-se a dizer. – Mas é que talvez eu possa ajudar vocês em algo, não é mesmo?

E, depois de uma pausa:

– Sua mãe... é viva?

– É – eu disse. – É viva. Muito viva.

E aí, não sei por quê, desandei a contar uma história em que minha mãe era a vilã: que ela tinha abandonado meu pai por outro homem, que criara uma tragédia em nossa vida.

– Papai resolveu sair da cidade. E eu, claro, tive de acompanhá-lo.

– Que tragédia – disse ela, sinceramente contristada. – Eu nunca passei por isso, porque não casei, mas posso imaginar a situação.

Sorriu, simpática:

– Mas quero que vocês saibam que podem contar comigo.

– Nós sabemos – garanti. – Sabemos disso perfeitamente. E estamos muito gratos por sua acolhida.

E antes que ela continuasse perguntando coisas, olhei o relógio:

– A senhora me desculpe, dona Teresa, mas tenho coisas a fazer. Mais tarde a gente conversa...

E fui saindo. A verdade é que tinha, mesmo, algo a fazer: tinha de me matricular no colégio indicado por mamãe.

E aí uma surpresa, não exatamente agradável. A funcionária encarregada disse-me que só havia vagas na turma especial. E o que tinha de especial aquela turma? Muitos adultos, em geral desempregados ou com emprego de tempo parcial, que voltavam à escola tentando melhorar de vida.

– Serve para você?

O que eu poderia dizer, àquela altura? Já estávamos instalados na cidade, meu pai já estava trabalhando; o jeito era aceitar, embora não me agradasse nada conviver com o que já estava me parecendo uma velharia.

– Serve.

Ela disse que as aulas eram de manhã:

– Na verdade, as turmas especiais funcionam à noite. Mas agora temos menos vagas no noturno, e menos professores, de modo que tivemos de fazer essa mudança... Espero que isso não seja um inconveniente para você.

Não, não era. Ao contrário, tratava-se de uma vantagem: representava menos tempo de convivência com meu pai. Mas disso, claro, não falei.

– Não, não é inconveniente. Eu dou um jeito...

– Ótimo.

Ela preencheu rapidamente os papéis, avisou que as aulas começariam dali a uma semana. Saí do colégio e resolvi dar uma volta pela cidade, que nada tinha de extraordinário: as habituais lojas de eletrodomésticos, de roupas, de sapatos, as lanchonetes, as farmácias, as agências lotéricas, os vendedores ambulantes... Bem, ao menos eu não estranharia o lugar. O problema seria o que fazer, até que começassem as aulas. A ideia de passar os dias ao lado de meu pai francamente não me agradava. Afinal, não havia a menor possibilidade de diálogo entre nós. Eu teria de dar um jeito de passar o dia fora. Mas fazendo o quê? No caminho para a pensão, descobri uma possibilidade: havia ali um parque, com canchas de esporte e numa delas uns garotos jogavam futebol. Perguntei se poderia bater uma bolinha com eles.

– Você não é meio grande pra nós? – perguntou um deles, desconfiado. Assegurei que, nesse caso, tamanho não faria diferença: eles jogavam muito bem e eu, ao contrário, muito mal (mentira: eu era um excelente centroavante; mas não me seria difícil ocultar essa habilidade). Embora relutantes, me aceitaram. Jogamos umas boas duas horas e no final convidaram-me para voltar no dia seguinte. Com o que eu já tinha um programa para as manhãs.

Voltei para a pensão ao meio-dia. Meu pai acabara de acordar:

– Estava esperando você para o almoço – disse, muito animado.

Seguindo uma indicação da dona Teresa, fomos a um restaurante de comida a quilo, ali perto. Servimo-nos e começamos a comer, meu pai falando sem cessar, contando sobre restaurantes que já havia frequentado, eu quieto. De repente, ele pousou os talheres e me olhou:

– Você não está feliz comigo aqui.

Hesitei. Pensei em uma evasiva qualquer – "não, não é nada disso, estou cansado" –, mas achei que chegava de mentiras. Optei, pois, pela franqueza:

– Não. Não estou feliz.

Ele suspirou:

– Não culpo você. A verdade é que nunca fui um bom pai. Não: a verdade é que nunca fui um pai, bom ou ruim. Acho que para você eu não existi.

Pegou-me a mão, lágrimas nos olhos:

– Mas estou disposto a mudar, Pedro. Estou disposto a refazer a nossa relação. Quero ser, sim, o seu pai, um pai de verdade, em que você possa confiar. Mais: vou me tornar um novo homem, garanto a você. Só preciso que você me ajude. Não me trate mal.

Eu tinha um nó na garganta. Mas não podia começar a chorar ali, num restaurante cheio de gente. Dei uma de durão: ele que se contivesse, afinal estávamos em um lugar público. Suspirou:

– É verdade. Por qualquer coisa choro como um bezerro desmamado. Desde criança sou assim. Meu pai – seu avô, que você não chegou a conhecer, porque ele morreu há tempo – se irritava muito com isso. "Vou ensinar você a ser duro", dizia. Às vezes me acordava de madrugada e me obrigava – mesmo no inverno – a tomar um banho gelado. Eu tinha medo de cachorros, ele então arranjou um policial enorme e me obrigava a dormir no quarto com ele. Uma vez eu me recusei a ir ao enterro de um parente, dizendo que não gostava daquelas coisas. Ele não disse nada; falou com o coveiro, e, naquela mesma noite, levou-me para o cemitério e me trancou lá. Eu implorava para que ele não fizesse aquilo comigo, mas o homem não deu a mínima; passou a corrente com cadeado no portão e foi embora. Eu fiquei tão apavorado que me urinei todo.

Eu o ouvia, perplexo. Era a primeira vez que meu pai contava aquelas histórias. Não: era a primeira vez que falava de si próprio. Então me dei conta de quão pouco eu sabia daquele homem. Para mim, ele era quase um desconhecido.

– E sua mãe? A vovó? Era uma mulher tão boa...

– Verdade. Mas tinha um medo terrível do marido. Quando ele tinha os ataques de fúria, ela se trancava no quarto, chorando. Quanto à minha irmã mais velha, que podia me proteger, brigou com papai e foi embora. Mas antes de ir me deu um conselho: seja esperto, mano, muito esperto. É a única maneira de você vencer na vida.

Sorriu, triste:

– E eu tive de me tornar esperto, entende? Como nunca cheguei a concluir os estudos, tentei vários negócios: vendi títulos de um clube meio fajuto, me meti no ramo de carros usados... Nada dava certo, mas fui fazendo amigos e, quando vi, estava metido na política. Aí aconteceu aquilo que você já sabe...

E onde é que eu entro nessa história, era a pergunta que eu – não sem rancor – tinha vontade de fazer. Como que adivinhando meus pensamentos, e com o mesmo sorriso triste, ele continuou:

– Era uma vida na qual não havia lugar para a família, sabe? Deixei de lado sua mãe e você, aprontei horrores. E por isso entendo a raiva que você tem de mim. Mas, se você ainda puder acreditar no homem que afinal é seu pai, peço-lhe que me dê uma oportunidade: quero me redimir, quero recuperar o tempo que perdi. Este emprego que tenho agora, e que não é – tenho de reconhecer – grande coisa, pelo menos me permite ficar muito tempo pensando. Estou passando minha vida a limpo. Quero corrigir meus erros. Quero ser uma nova pessoa. O que você diz?

– Digo – respondi, seco – que temos de ir embora. Há gente esperando pela nossa mesa.

Fui grosseiro? Fui, sim. A verdade é que rancores – mesmo os da juventude, especialmente os da juventude, às vezes – não desaparecem como por encanto. Mas também é verdade que aquela conversa produzira seus efeitos, abalara o espesso muro de indiferença e raiva atrás do qual eu me escondia daquele homem. Nos dias que se seguiram, continuamos conversando; e ora falávamos de coisas importantes, ora de coisas banais. E houve brigas, também: uma vez, no restaurante. Eu me exaltei tanto que acabei levantando e indo embora. O outro arranca-rabo foi na pensão. Dona Teresa chegou a bater na porta, reclamando que eu estava incomodando os outros hóspedes com meus gritos. E eu estava gritando mesmo.

Na verdade, tudo aquilo era um processo de conhecimento mútuo e, por incrível que pareça, de aproximação. O pai estava se tornando pai, e o filho se tornando filho. Eu começava a pensar que o milagre tinha enfim acontecido, o milagre pelo qual eu esperara desde a infância e que ia mudar por completo nossa vida, quando uma guinada ocorreu no rumo dos acontecimentos.

Pai toma decisão inesperada. Filho, chocado, não sabe o que fazer

Um dia, voltando do futebol, encontrei papai me esperando. Excitadíssimo, com os olhos brilhando, disse que tinha uma grande novidade. "No almoço você me conta", eu disse, mas ele estava tão ansioso que não pôde aguardar e foi logo falando:

— Lembra aquilo que conversamos, sobre mudar de vida? Pois eu acabo de dar um grande passo nesse sentido. Graças a você. Você me fez recordar o passado. Comecei a pensar em tudo o que fiz de errado e me dei conta de uma coisa: o meu grande problema foi ter renunciado a meu sonho. Você vê, eu queria ser advogado. Sempre gostei disso, de leis, de tribunais, de polêmica... "Mas então por que você não estudou Direito?", você perguntará. É uma pergunta lógica, mas tenho de confessar que não fiz isso por covardia: meu pai era contra essa ideia, queria que eu começasse a ganhar dinheiro logo, e não tive coragem de protestar, de me afirmar. Mas acho que não é tarde. Tudo o que tenho a fazer é concluir meus estudos para depois prestar vestibular. Vou fazer isso aqui mesmo, nesta cidade. Já me informei de tudo. Para dizer a verdade, até já me matriculei.

Não posso negar que senti um baque no coração. "E onde você se matriculou?", perguntei.

– Tinha de ser numa escola pública, não é? E a única que tinha vaga era o Colégio Redenção.

Exatamente o colégio no qual eu estava matriculado. "Que série?", perguntei.

– Eles me colocaram numa turma especial...

A minha turma. Seríamos colegas, meu pai e eu.

Por um instante fiquei ali, imóvel, calado. Ele estranhou:

– O que houve? Não me diga que você não gostou da notícia...

Deu-se conta:

– É o seu colégio. A sua turma. É isso, não é? Não precisa responder. Estou vendo pela sua cara.

Foi a vez de ele ficar em silêncio. E aí tentou mostrar-se animado, com um sorriso meio forçado:

– Bem, então seremos colegas. É meio estranho, reconheço, mas acho que vou ter orgulho disso. Você não?

Eu não sabia o que dizer. Simplesmente não sabia o que dizer. Nunca me ocorrera que uma situação daquelas fosse possível. Mas tinha acontecido. E é claro que eu estava chocado. A convivência dos últimos dias havia mudado a nossa relação, mas eu continuava olhando aquele homem com alguma reserva. Precisava de tempo para refazer aqueles laços que existem entre filhos e pais; tempo e algum distanciamento. Agora, nem tempo nem distanciamento. Breve estaríamos convivendo na mesma sala de aula. Breve seríamos colegas. Breve meu pai estaria realizando aquilo que, segundo ele, era um sonho. Mas seria um sonho para mim? Certamente não. Uma situação que não antecipava nada de entusiasmante.

Ele se deu conta de minha reticência. E rapidamente – afinal, tinha sensibilidade, ao menos a sensibilidade do pequeno político – atinou com a causa.

— Não, acho que você não está orgulhoso de me ter na sua turma. Mas eu entendo isso.

Uma pausa, e ponderou:

— Escute: ninguém precisa saber que somos pai e filho. Eu, Antônio Silva, você Pedro Silva — quantos Antônios Silva e Pedros Silva existem neste Brasil sem nenhum parentesco?

Não. Aquilo seria pior. Tentar manter a situação em segredo seria muito pior. Em primeiro lugar, era algo condenado ao fracasso: a cidade não era tão grande assim, breve alguém descobriria que morávamos juntos. E, se esse alguém não levasse a coisa para o lado da sacanagem, logo atinaria com o motivo. E eu já estava imaginando um gaiato qualquer anunciando no intervalo das aulas:

— Pessoal, temos aqui na classe uma dupla exemplar: pai e filho estudando juntos. Agora: quem faz as lições de casa, o pai ou o filho?

Não. A atitude mais sensata seria fazer tudo às claras, da maneira mais natural possível. Antônio Silva, 40 anos, e Pedro Silva, 15 anos, chegariam juntos à escola e dela sairiam juntos, nada importando a opinião dos outros.

Mas esse era só um dos aspectos do problema. E a nossa convivência, como ficaria? Os trabalhos de casa, a preparação de provas? Eu não tinha nada contra estudos em grupos ou em duplas; mas, uma dupla com meu pai... Como funcionaria aquilo? Na minha cabeça, como uma questão de múltipla escolha: "Se pai e filho, que não se dão muito bem, começam a estudar juntos, o resultado é: a) brigas constantes; b) considerável melhora nas relações; c) alternância entre brigas e melhora nas relações; d) nenhuma das anteriores".

— Não — eu disse. — Nada de esconder coisas. Você já deveria ter experiência disso, não é? Você se ferrou exatamente porque queria agir por baixo do pano.

Falei e me arrependi: de novo, eu estava sendo grosseiro. Certo, estava irritado com a inesperada situação, mas isso não me dava o direito de agredir um homem que estava, simplesmente, querendo corrigir os erros de seu passado. Portanto, e fazendo um esforço, pedi-lhe desculpas. E aí tratei de bancar o otimista:

— Vai dar tudo certo, você verá. Você me ajudará, eu ajudarei você...

Ele riu:

— Eu, ajudar você, Pedro? Não vejo como. Você, sim, é que terá de me ajudar. Ainda sei ler e escrever, mas o resto esqueci tudo. Quais são, mesmo, os afluentes do Amazonas?

— Os da margem esquerda ou da margem direita?

Ele me olhou, sem entender. Comecei a rir, aí ele se deu conta e caiu na risada também. Rimos tanto que as lágrimas nos vieram aos olhos. Finalmente ele disse, ainda ofegante:

— Estou contente, filho. Pela primeira vez, em muito tempo, estou contente. Acho que finalmente estou aprendendo a viver.

Olhou o relógio:

— Falando em viver, a gente tem de ganhar a vida, não é? Vou trabalhar. Até amanhã, meu filho.

Hesitou:

— Posso te dar um abraço?

Num impulso, puxei-o para mim e abracei-o, soluçando. Por algum tempo — ou por muito tempo, não sei — ficamos ali, abraçados. Até que ele se desvencilhou de mim:

— Tenho de ir. O pessoal lá é danado na fiscalização.

Da porta, voltou-se:

— Quase ia esquecendo: amanhã vamos comprar o material escolar.

O primeiro dia de aula

Comprar material escolar para mim sempre era um acontecimento: uma nova etapa, um desafio. Mas minha excitação infantil não chegaria sequer perto do alvoroço do meu pai naquela manhã.

– Parece uma criança no dia da festa de aniversário – comentou dona Teresa, ao nos servir o café.

– E é quase uma festa de aniversário – garantiu meu pai. – Hoje, vou ganhar muitos presentes. Presentes que eu mesmo vou me dar.

Apressou-me: queria que eu terminasse o café logo, para irmos à livraria, que decerto estaria muito cheia. O que deixou a dona da pensão indignada: "Onde é que se viu, o garoto precisa comer, você é um pai desalmado".

– Não – riu. – Sou um pai colegial.

Ela não entendeu. Meu pai então contou toda a história. Dona Teresa sacudia a cabeça, incrédula:

– Voltar ao colégio depois de velho... Isso é maluquice.

Foi a minha vez de protestar:

– Ele não é velho, dona Teresa. E mesmo que fosse, nunca é tarde para recomeçar.

– Vou me formar em Direito – completou meu pai. – Serei um advogado de sucesso. E aí a senhora vai colocar uma placa na entrada: "Antônio Silva morou aqui enquanto estudava". Que tal?

– Vamos ver – disse ela. – Agora, me deixem tirar a mesa. Tenho mais o que fazer.

Na livraria, aliás cheia, papai, lista do material na mão, corria de um lado para outro, para gáudio dos balconistas. Quando chegou a hora de comprar os livros ponderei que não precisaríamos comprar tudo em duplicata. Ele foi taxativo:

– Não. Você terá seus livros, e eu, os meus.

– Mas o custo –

– O custo não interessa. Quero ter os meus livros.

Dei-me conta de que aquilo era importante para ele, o suporte material, por assim dizer, de sua nova carreira como estudante.

Voltamos para a pensão carregados. Ele espalhou todo o seu material na cama e mirou-o com satisfação. Pegava um livro, pegava outro, folheava-os em meio a comentários: "Isto aqui eu ainda lembro um pouco; desta coisa nunca ouvi falar". Era tal sua animação que cheguei a sentir inveja. Ele nem quis almoçar:

– Vá você. Eu estou sem fome. Prefiro ficar aqui, organizando minhas coisas.

E foi o que ele fez pelo resto da tarde. Eu começava a ficar apreensivo: como é que ele ia aguentar a noite toda acordado? Tranquilizou-me: "Não se preocupe, sono é coisa que não me faz falta".

No dia seguinte, às oito da manhã, começariam as aulas. Ele chegou do trabalho às sete. Eu já o esperava. Tomamos café. Ele, nervoso, não dizia nada. O entusiasmo dos dias anteriores dava agora lugar à apreensão. Vestido naquele terno espantoso, enfiou o material numa mochila, e colocou-a às costas. O resultado estava mais para o patético do que para o glorioso.

– Você vai para o colégio assim?

– Assim, como?

– Com esta mochila.

— O que é que tem?

— Fica meio gozado...

— Eu sei. — Sorriu, melancólico. — Mas também não é engraçado um cara na minha idade voltar para o colégio? Mas se alguém achar graça, não me importo. Depois do que passei, essas coisas não têm importância... De mais a mais, a mochila é uma coisa prática. De modo que vou de mochila.

E fomos. Quando chegamos ao portão do colégio, ele me deteve:

— Espere um pouco. — Respirou fundo: — Vamos rezar.

Mas então era religioso, ele? Pelo visto, tão cedo aquele homem não deixaria de me surpreender. Em voz baixa, murmurou uma oração, persignou-se — e cruzou o portão, eu atrás dele.

O pátio estava cheio: crianças e jovens corriam de um lado para outro, numa algazarra infernal, ou conversavam em grupos. Mas quando entramos, fez-se um momento de silêncio. Um homem de cabelos grisalhos, bigode, usando terno e de mochila tinha forçosamente de chamar a atenção. Mas, verdade seja dita, aquele pessoal até que se mostrou bem-educado. Nada de risinhos, nada de comentários galhofeiros, e muito menos vaias ou assobios. Mas seguramente achavam-no esquisito.

Fomos até a nossa sala de aula. Ali o ambiente era um pouco diferente, com vários adultos — todos, no entanto, mais moços do que papai. Àquela altura ele já tinha recuperado boa parte de seu tradicional desembaraço, o desembaraço que lhe havia rendido seus poucos votos, e que alguns rotulariam como cara de pau. Apresentou-se para um, para outro. Não disse que era meu pai, e fiquei-lhe grato por isso. Claro que não se tratava de um segredo, mas também não tínhamos por que estar apregoando o fato aos quatro ventos. E aí escolheu sua carteira, bem na frente. O que, de novo, não me agradou: parecia-me que ele estava se expondo demais. Fui até lá e disse-lhe, baixinho, que o lugar não me parecia bom.

— É que não escuto bem — explicou ele. — Além disso, sentando aqui, vou ter de prestar atenção, mesmo que não queira.

Fazia sentido, aquilo. A minha vontade seria ir para o fundo da classe, longe dele. Mas não podia abandoná-lo. Ocupei, pois, a carteira ao lado.

Soou a campainha. Sentamo-nos todos e ficamos à espera. Logo depois entrou um homem ainda jovem: era o professor Barbedo, assistente da direção. Junto com ele alguns outros professores e professoras – o pessoal que ia nos dar aulas. Ele os apresentou e disse que tinham vindo especialmente conversar conosco:

– Vocês representam, para a nossa escola, uma experiência nova. Adultos que estão voltando aos estudos, junto com jovens – isso, que a gente saiba, é raro. Mas nós acreditamos nesta ideia, a ideia da convivência entre grupos diferentes. Partimos do princípio de que a vontade de saber, de aprender, de progredir nada tem a ver com idade; que nunca é tarde para começar. E achamos também que a troca de experiências entre gente jovem e gente não tão jovem é benéfica. Agora, para que o grupo se conheça, eu pediria que cada um se apresentasse e falasse um pouco sobre si.

À medida que se aproximava nossa vez, eu ficava mais nervoso. O que o meu pai diria?

No começo ele parecia muito bem, muito seguro de si:

– Por várias razões – disse –, razões que não vem ao caso mencionar agora, tive de abandonar o colégio e seguir um outro caminho. Parecia que ia dar certo, mas, lá pelas tantas, sofri um baque muito grande. Fui forçado a rever a minha vida e me dei conta da falta que me faziam os estudos. E então tomei uma decisão –

Interrompeu-se. Olhou-me: de repente parecia desamparado – aterrorizado, até. Meu Deus, pensei, este homem está tendo um ataque de pânico. Já ia me levantar, mas ele conseguiu se controlar: disse que estava muito emocionado, e que não podia mais falar. Pelo que pedia desculpas aos colegas.

Sentou-se. O vice-diretor se apressou a reconfortá-lo: coisas assim aconteciam, meu pai não era o primeiro a passar por aquele transe. Em outra ocasião, e com calma, ele poderia completar seu relato.

Cabeça baixa, meu pai não olhava para ninguém. Rapidamente rabisquei-lhe um bilhete, alguma coisa do tipo não se preocupe, você foi ótimo, todo o mundo compreendeu. Ele leu e guardou o papelzinho dentro do seu caderno, sem dizer nada.

E aí era a minha vez. Tive de me apresentar como o filho do

Antônio. Quis dizer que me sentia orgulhoso de estar no colégio junto com meu pai, mas não consegui. Por quê? Não sei. Um resto de ressentimento, talvez. Ou falta de coragem. Contentei-me em dizer meu nome e de onde vinha. Ah, sim: e que faria o maior esforço para me sair bem nos estudos. Ou seja: pura babaquice.

As atividades daquele dia se limitaram àquele primeiro encontro. Depois, ficamos no pátio, conversando. Meu pai, que àquela altura já se tinha recuperado do trauma, era o centro das atenções; ali estava ele, rodeado de gente, contando uma história depois da outra. Todos ouviam, encantados, rindo muito dos trocadilhos e das gozações.

Um dos presentes, porém, não ria. Era um cara de uns trinta anos, baixo, troncudo, cabelo curto, um rosto pouco simpático, de traços duros. Chamava-se Trajano. Segundo dissera, viajara por todo o país exercendo as mais variadas profissões. O jeito que olhava meu pai intrigou-me — e deixou-me inquieto. Obviamente, ele não gostava de papai. Bem, isso era um direito dele; muita gente não gosta de tipos falantes, extrovertidos. O que eu via naquele olhar, contudo, não era só antipatia. Era ódio. Um ódio sem motivo, irracional, uma coisa doentia. Resolvi que ia ficar de olho no sujeito, mas nada disse a papai.

Fomos comer alguma coisa e voltamos para a pensão. Eu insisti com meu pai para que descansasse: trabalho à noite, aulas pela manhã, ele não aguentaria sem dormir pelo menos algumas horas. Saí para comprar algumas coisas de que precisava — tênis novos, meias, essas coisas. Quando voltei, ele já tinha saído para o trabalho. E levara a mochila: pelo jeito, pensava aproveitar o tempo para examinar os livros.

A minha dedicação não chegava a tanto: fiquei até tarde vendo tevê no pequeno aparelho, que, aliás, era o único luxo fornecido por dona Teresa a seus pensionistas. E acabei adormecendo. Tive sonhos intrigantes, mas gloriosos: meu pai e eu, já advogados formados, no tribunal de júri, defendendo alguém. Eu dizia o começo de uma frase, e meu pai a completava.

É dura a vida de estudante

Entre a sala de aula e o diploma havia um longo caminho a percorrer. Longo e penoso. Não para mim, devo dizer; talvez porque se tratasse de uma turma especial, a coisa parecia-me fácil, muito mais fácil do que no colégio em que eu havia estudado até então. Meu pai, porém, enfrentava muitos problemas. Para começar, nunca havia sido um aluno brilhante, coisa que ele próprio admitia. Além disso, passara um tempo demasiadamente longo afastado dos livros. Precisava se readaptar, o que lhe exigia um esforço extraordinário. Obviamente, não era o único nessa situação, e os professores estavam preparados para lidar com esse tipo de aluno: tinham uma paciência infinita, explicavam tantas vezes quanto fosse necessário. Mas meu pai exasperava-se com sua própria incapacidade. Em algumas disciplinas não se saía de todo mal: História, por exemplo, era uma coisa de que ele gostava. Ou Literatura: os autores românticos fascinavam-no, e às vezes eu até o surpreendia declamando versos ou recitando em voz alta um trecho que havia memorizado. Já em Biologia começavam as dificuldades: "É muito complicado esse corpo humano", protestava, abanando a cabeça. Também não gostava de Física. Não entendia a necessidade de estudar Termologia: "Eu sei quando está calor, não preciso que me expliquem como é que surge o calor", dizia.

O pior de tudo era Matemática. "Número não é comigo", suspirava, e sabia do que estava falando; dava pena observá-lo nas aulas. O esforço que fazia para entender era visível, na cabeça projetada para a frente, na boca entreaberta, na testa franzida, no olhar angustiado, no nervoso tamborilar dos dedos.

– Não adianta – murmurava, então. – Eu sou burro mesmo, não tem jeito.

Eu procurava ajudá-lo, mas a minha paciência, infelizmente, era escassa. Explicava-lhe duas, três, quatro vezes; quando ele me confessava que não havia entendido, eu me irritava: "Não sei por que você teve de inventar essa história de voltar aos estudos, você não dá para essa coisa". Ele baixava a cabeça, triste, humilhado; eu, arrependido, pedia desculpas, e voltávamos ao nosso calvário.

E aí cometi um erro, um erro terrível, que teve, no entanto, consequências inesperadas – e gratificantes.

Ao final do primeiro mês, a professora de Matemática, Sílvia, resolveu fazer uma prova. Fiz o que pude para preparar meu pai, mas tinha certeza de que um desastre se avizinhava.

Não deu outra.

No dia, ele estava nervosíssimo. Eu tentava tranquilizá-lo: "Vai dar tudo certo, você vai tirar de letra". Mas era inútil. Ele sabia de suas limitações, sabia o que enfrentaria.

– Sinto-me como um boi chegando ao matadouro – gemeu, quando entramos na sala de aula.

A professora entrou, cumprimentou-nos, amável. Era uma mulher jovem, alta, elegante, muito bonita.

– Não se assustem – disse, em tom de brincadeira. – A prova não está difícil.

As questões eram, de fato, relativamente fáceis – ao menos para mim: em quinze minutos eu tinha respondido tudo. Fiquei, então, observando meu pai. Suava em bicas, o coitado; embora o dia não fosse quente, ele estava com a camisa encharcada.

Olhei a professora. Sentada à sua mesa, estava muito absorvida, escrevendo qualquer coisa. Olhei o relógio: faltavam cinco minutos para terminar o tempo. Vacilei um instante e decidi: rapidamente, rabisquei as respostas certas num papelzinho e passei-as a papai.

E aí aconteceu uma coisa inesperada – e terrível.

Ele pegou o papelzinho, olhou-o, olhou para mim. E aí pôs-se de pé, pálido, trêmulo:

– Eu não quero isto! – gritou. – Você não vê? Eu não quero isto! Eu tenho que resolver essa coisa sozinho, nem que morra tentando!

E saiu, precipitadamente.

Eu tinha vontade de morrer. O que tinha feito, eu? Deus, o que tinha eu feito? Humilhara meu pai na frente de todo o mundo. Sem querer, decerto, mas o resultado não havia sido menos catastrófico. Levantei-me para ir atrás dele, mas a professora deteve-me:

– Fique. Acho que posso resolver isso melhor que você.

Recolheu rapidamente as provas, pediu que aguardássemos na sala e saiu.

Dez minutos depois estava de volta, com meu pai, que parecia muito envergonhado, mas exibia um sorriso tímido.

– O Antônio aqui ficou um pouco nervoso – disse a professora. – Mas já conversamos e acertamos uma solução: ele fará a prova outra hora, quando se sentir melhor. Não é, Antônio?

– É – disse ele. – E queria pedir desculpas a todos pelo vexame que dei.

Levantei-me:

– Eu também tenho de pedir desculpas – à professora e a todos vocês. Tentei passar cola a meu pai. Isso não é coisa que se faça...

– Nem no Dia dos Pais – gritou lá de trás o Pascoal, que era um grande gozador. Todo o mundo riu, meu pai e eu, inclusive.

Por incrível que pareça, a partir daquele dia as coisas começaram a melhorar. Na conversa que tivera com meu pai, e com a qual conseguira acalmá-lo, a professora Sílvia propusera dar-lhe algumas aulas extras. E isso teve um efeito miraculoso. De repente, meu pai estava interessado na matéria; começou a estudar com mais disposição e agora entendia o que antes lhe parecia incompreensível. Isso até se refletiu nas outras disciplinas. Lá pelas tantas, por exemplo, tivemos de fazer uma redação. Tema: "O que a vida me ensinou". Trabalho importante, valia nota. Meu pai recebeu aquilo como um desafio. Durante dias trabalhou o assunto, escrevendo furiosamente – apenas para depois, insatisfeito, rasgar os rascunhos. Perguntei se ele queria minha opinião (nem ousei falar em ajuda). Disse que não:

– Isso é uma questão de honra.

Honra ou não, eu temia que ele não conseguisse terminar o trabalho. Mas ele o concluiu, sim, e entregou-o no dia aprazado. E aí ficamos aguardando a opinião do professor. Na semana seguinte ele entrou em aula, abriu a pasta, extraiu dali um maço de folhas: eram as redações. Examinou-as, em meio ao silêncio geral. Depois, olhou-nos:

– Quero dizer que, de modo geral, vocês se saíram bem. Mas há um trabalho que me chamou a atenção e me surpreendeu, principalmente pela originalidade. É o do Antônio Silva. Quero até ler para vocês.

E leu, numa voz que às vezes ficava embargada pela emoção. Porque o texto do meu pai era comovente. Sem falar de si próprio, e do que lhe tinha acontecido, ele, no entanto, analisava o que significa, para uma pessoa, uma conduta ética. Aliás, ele tinha acrescentado ao título dado pelo professor um subtítulo, muito apropriado: "Mensagem a um jovem".

Quando o professor terminou a leitura, a classe toda prorrompeu em aplausos – um astro de *rock* ou um político de sucesso não teriam recebido uma consagração maior. Meu pai, de pé, agradecia, surpreso e emocionado. Quando voltamos para casa, naquele dia, ele me disse, em tom solene:

– Pode ser que eu não me forme advogado. Pode ser que nem termine o curso no colégio. Mas só o dia de hoje já valeu todo o esforço.

Mamãe surge de repente

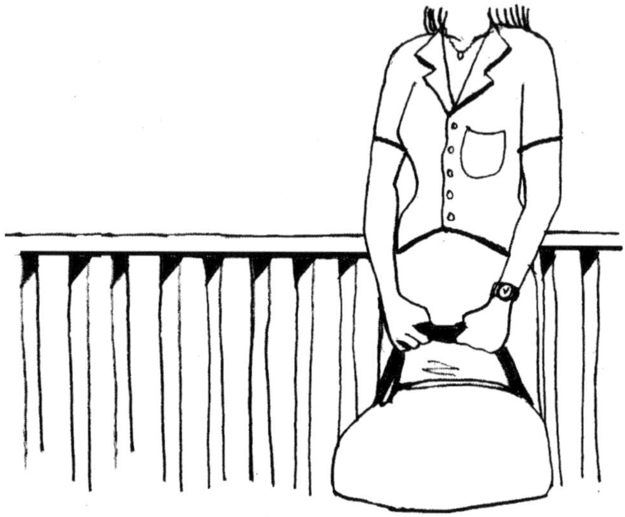

Dois dias depois, numa sexta-feira, recebemos uma visita de surpresa.

Minha mãe.

Tínhamos retornado do colégio, e meu pai estava dormindo, quando a dona Teresa veio nos chamar:

– Tem uma mulher no telefone. Está ligando da estação rodoviária. Diz que é sua mãe.

Dupla surpresa: primeiro, a chegada de mamãe, inesperada. Depois, a cara amarrada da dona da pensão: por que estaria tão zangada? Aí lembrei da história que tinha contado, sobre a vilã que tinha abandonado meu pai. Resolvi de imediato neutralizar aquela mentira com uma outra:

– Pois é, dona Teresa. Ela insistiu em nos visitar. A senhora sabe, ela agora está sozinha. Talvez queira uma reconciliação, não sei. Em todo o caso, peço que a senhora a trate bem. Se for preciso, a senhora arranja um quarto para ela?

– Se é para ajudar vocês... – Ela, ainda desconfiada.

— Eu sabia que podia contar com a senhora. A senhora é um anjo, dona Teresa. Um anjo.

Abracei-a. Evidentemente pouco habituada àqueles arroubos, ela repeliu-me afetuosamente:

— Vai, rapaz, vai buscá-la. E tomara que tudo dê certo.

Que desse certo, era o que eu esperava. Não: o que eu esperava mesmo era um milagre. Esperava que minha mãe estivesse chegando para se reconciliar com meu pai. Esperava que, numa mudança inesperada — essas coisas de filme, de novela —, de repente ela tivesse concluído que o homem que amava era meu pai, não o chefe da contabilidade. E então nos abraçaríamos os três, no quarto da pensão (diante do olhar lacrimoso de dona Teresa), e aí, sim, seríamos uma família, e meu pai continuaria os estudos e se formaria em Direito — não, nós dois nos formaríamos em Direito, uma coisa nunca vista no Brasil, pai e filho recebendo o diploma ao mesmo tempo, algo para dar notícia de jornal, para figurar no Fantástico — e seríamos felizes para sempre... Pedi a dona Teresa que avisasse mamãe que eu iria buscá-la e fui até a rodoviária. Lá estava mamãe, já impaciente, segurando uma valise. Pequena: pelo jeito não pretendia demorar-se na visita. Bom ou mau sinal?

Ao ver-me, abraçou-me, disse que eu estava muito bem. Mas, e isto me inquietou, não perguntou por meu pai. No táxi que nos levou até a pensão, resolvi tomar a iniciativa e ir preparando o terreno:

— Você não vai reconhecer o papai. Ele mudou muito.

— É? — Ela, seca. — Mudou? Para melhor ou para pior?

Pausa, e acrescentou:

— Para pior, seria difícil.

O que me deixou profundamente desalentado — deprimido, mesmo. Então, as minhas suposições não passavam de fantasia... Mas, como o náufrago que se agarra a uma palha tentando sobreviver, eu me apeguei a uma tênue esperança: talvez a grande reviravolta ainda estivesse por ocorrer. E ocorreria quando ela descobrisse a nova face do papai. De modo que resolvi não adiantar nada:

— Você vai ver.

Chegamos. Do lado de fora, ela examinou a pensão, disse que não estava de todo mal, perguntou sobre a comida. Eu disse que tudo funcionava bem, falei sobre a dona Teresa. Que aliás estava nos esperando no saguão, curiosa por conhecer a minha mãe.

– Ouvi falar muito da senhora – foi logo dizendo, untuosa.

– É mesmo? – Mamãe, cautelosa: pelo jeito não queria muitas intimidades com uma pessoa que afinal era apenas a dona da pensão onde o filho e o ex-marido estavam hospedados. – Falaram bem ou mal?

– Bem, claro. Muito bem.

Perguntou se mamãe queria tomar alguma coisa. Não, ela não queria nada: pretendia apenas tomar um banho, mudar de roupa. E aí chegou o momento difícil:

– Eu preparei um quarto. Aliás, um ótimo quarto – disse dona Teresa, e ficou à espera: para quem, esse quarto? Para mim – isso significando que papai e mamãe de imediato se reconciliariam? Ou para minha mãe?

A dúvida se desfez logo. Pegando a valise, mamãe perguntou onde ficava o tal quarto.

– Subindo a escada à direita – respondeu dona Teresa, evidentemente desapontada.

Mais desapontado estava eu, quando acompanhei minha mãe. Desapontado e já com raiva:

– Você não quer falar com o papai?

– Depois. Primeiro quero descansar um pouco. – Voltou-se para mim: – Escute, Pedro, é bom que você saiba: eu não estou no melhor dos humores. A verdade é que não está sendo fácil para mim viver sozinha.

Sozinha? O que queria dizer com "sozinha"? Isso teria alguma coisa a ver com o homem com quem estava saindo? Teriam brigado? E se haviam brigado, estaria ela pensando em alguma reconciliação?

Mas não era de reconciliação que falava. Era dos mil problemas que estava enfrentando: dificuldades no emprego, falta de tempo, até brigas com vizinhos. Eu ouvia sem responder. Até que ela caiu em si:

– Desculpe, Pedro. Você foi me buscar todo contente e eu fico enchendo o seu saco. Desculpe, filho. Mas é que essas coisas estavam trancadas, você sabe como é? E eu –

— Vá descansar — atalhei. — Depois a gente conversa.

Ela entrou no quarto, eu voltei para o nosso. Meu pai estava acordando:

— Tive a impressão de ouvir você falando com alguém...

— Era a mamãe.

Ele saltou da cama:

— A Marlene? Ela está aqui? Quando chegou? Houve alguma coisa?

A custo consegui acalmá-lo: nada tinha acontecido, era só uma visita de surpresa.

— Afinal de contas — ponderei —, ela tem o direito de ver o filho.

O que não aliviou a apreensão do meu pai. Em parte, explicável: ela sempre fora uma crítica implacável da conduta dele, o que, claro, se justificava pelas bobagens que o homem fizera; mas a verdade é que nunca reconhecera as qualidades dele, mesmo que poucas. Obviamente, ele poderia ponderar a si mesmo que nada mais tinha a ver com ela. Poderia até se recusar a vê-la. Mas não faria isso. Em primeiro lugar, porque não era de seu feitio de homem amável, gentil;

em segundo lugar, porque, apesar da separação, algo ainda havia entre eles, um resíduo que fosse da antiga paixão. E era nisso que eu apostava, na minha expectativa de uma reconciliação.

– Bem, vamos dar uma arrumada no quarto – disse. – Antes que ela nos repreenda.

Tinha razão: o quarto, como de costume, estava uma bagunça, coisa que mamãe não tolerava. De modo que, rapidamente, demos uma ajeitada naquilo. No momento em que terminamos, a porta se abriu, e era ela – costumava entrar sem bater. Por um instante ficou a examinar o lugar. Aprovou-o (mas com uma nota baixa, decerto) e só então se voltou para o ex-marido, perguntando como ele estava.

– Muito bem – foi a jovial resposta.

E acrescentou:

– Graças a você. Essa mudança de cidade foi mesmo providencial – uma grande ideia a sua. Nem sei como lhe agradecer. Você foi genial.

Mamãe ignorou olimpicamente o cumprimento e passou a interrogar sobre detalhes práticos: como era o atendimento na pensão, onde almoçávamos, quem lavava a roupa. Um sorriso fugidio – o primeiro desde que chegara – surgiu em seu rosto quando contamos que nós próprios nos encarregávamos dessa última tarefa.

Meu pai olhou disfarçadamente o relógio. Logo estaria na hora de ir para o emprego:

– Mas ainda dá tempo de a gente comer alguma coisa. Você aceita?

Mamãe concordou e fomos a um restaurante, não o de comida a quilo; um outro, melhor. Meu pai aliás se esmerou no pedido. Para nossos padrões, a conta, mesmo que não muito alta, seria um despropósito. Mas eu sentia que ele queria homenagear mamãe. Depois da sobremesa, resolvi tomar a iniciativa e anunciar a novidade:

– Cumprimente o papai. Ele resolveu voltar para a escola. E aliás está se saindo muito bem.

Ela olhou-o, meio desconfiada: voltar à escola? O que estaria ele aprontando agora? Antes que lhe dirigisse alguma pergunta hostil, continuei:

– Papai tem planos. Quer continuar os estudos, quer se formar em Direito. Como ele diz: quer passar a vida a limpo.

– É mesmo? – Deus, ela não conseguia se livrar daquela ressentida ironia. – Bom, espero que consiga. E espero que a nova vida seja mesmo limpa. Porque a antiga não era.

Aí eu perdi a paciência:

– Você está sendo injusta com o papai. Ele errou, é verdade. Errou muito. Mas reconheceu seus erros. E agora que está querendo sair do atoleiro você vem e pisa na cabeça dele? Francamente, eu não esperava isso de você. Você podia tratá-lo pelo menos tão bem quanto trata seus doentes.

Àquela altura eu já estava gritando; algumas pessoas até se voltaram para ver o que acontecia. Mas foi bom: ela finalmente caiu em si. Segurou a mão de papai:

– Desculpe, Antônio. O Pedro tem razão, eu realmente fui grosseira com você. É que os últimos tempos não têm sido fáceis, você sabe disso. Perdoe.

Cabeça baixa, papai ouvia, sem dizer nada. Quando ela terminou, ergueu a cabeça, sorriu tristemente:

– Você não precisa pedir desculpas, Marlene. Eu realmente mereço seus puxões de orelha. Isso não importa; o que importa é que, pela primeira vez em muito tempo, estamos os três sentados na mesma mesa. É uma grande alegria para mim, pode crer.

Consultou o relógio:

– Céus, estou atrasado para o serviço. Fiquem conversando vocês dois, vocês têm muita conversa para botar em dia. Amanhã a gente se vê.

Um segredo é descoberto

Nos dois dias que se seguiram, as coisas correram muito bem. Era fim de semana; aproveitamos para passear pela cidade, fizemos um piquenique no Parque da Gandaia, onde havia uma pequena cachoeira, muito bonita. Encorajado por mamãe, cuja atitude tinha mudado radicalmente, papai falava sobre os seus progressos – sobretudo na Matemática. E não cessava de elogiar a professora: graças a ela tinha redescoberto o prazer de aprender, tornara-se outra pessoa.

Por coincidência encontramos a professora Sílvia, nós três. E isso ocorreu na noite em que fomos levar mamãe à estação rodoviária. Àquela altura, meu sonho – que os dois se reconciliassem e voltassem a viver juntos – já tinha ido para o espaço, mas eu estava conformado; pelo menos estavam agora se tratando com respeito, o que nunca tinha acontecido antes.

Estávamos conversando, quando apareceu a professora Sílvia. Também ela tinha trazido alguém que viajava. Papai apresentou-a à mamãe: "Esta é a mestra que Deus mandou para me guiar no novo caminho", e depois ficaram os dois conversando.

— Seu pai está apaixonado pela professora — disse mamãe, baixinho.

Pensei não ter ouvido bem: papai, apaixonado? Pela Sílvia? Aquilo nunca tinha me ocorrido. Mas foi só observá-lo por um minuto ou dois para me convencer: sim, mamãe estava certa. O ar de enlevo de meu pai, o brilho de seus olhos, aquilo era conclusivo: o homem estava, sim, enamorado da professora Sílvia.

Que coisa! Alunos apaixonados por mestras eu conhecia muitos; eu mesmo, aos 12 anos, sentira-me atraído pela professora de História, uma disciplina que nunca me interessou tanto. Mas, um homem feito... O que seria aquilo? A típica paixão de aluno? Ou teria meu pai encontrado (ou teria achado que encontrara) a mulher de sua vida? Não era um romance impossível. Sílvia era bem mais moça do que ele, e como pessoas os dois não poderiam ser mais diferentes, mas a verdade é que nada impediria aquela união: ela era viúva (perdera o marido dois anos antes, num acidente de automóvel) e, ao quanto se sabia, disponível.

Tudo certo, tudo lógico, tudo lindo, até — mas eu não conseguia aceitar a ideia de meu pai se casar com outra. Egoísmo? Decerto. Porque tal casamento era perfeitamente possível. Meu pai era um homem ainda jovem, poderia muito bem casar de novo — se Sílvia o aceitasse, bem entendido. A verdade é que ela não parecia corresponder à paixão de meu pai, se é que sabia de tal paixão. E mesmo que o fizesse, namorar um aluno seria um escândalo que poderia lhe custar caro. A menos que meu pai trocasse de colégio — muito difícil, àquela altura — ou desistisse dos estudos. Por outro lado, àquela altura eu já tinha arranjado uma namoradinha, a Cristina, uma garota que morava na casa vizinha à pensão de dona Teresa. Nada de sério, porque eu continuava me correspondendo com Fernanda: falava com ela ao telefone pelo menos uma vez por semana e já tinha até combinado que passaríamos as férias juntos. Ou seja: se eu sentia falta de uma companhia feminina, por que não haveria meu pai de sentir a mesma coisa? Só por que era mais velho?

Essas questões me atormentaram nos dias que se seguiram à partida de mamãe. Por fim, resolvi tirar as coisas a limpo. Para começar, tinha de descobrir se aquela história não era imaginação de mamãe, ampliada, claro, por minha própria imaginação. Criei coragem e um dia, no almoço, desfechei a pergunta:

– Papai, você está apaixonado pela professora Sílvia?

Ele me olhou, espantado, aturdido até – como um garoto surpreendido numa traquinagem, foi a imagem que me ocorreu. E a resposta, como era de esperar, veio gaguejada, confusa:

– Não. Acho que não. Bem, não sei.

Engoliu em seco, olhou-me de novo, agora claramente ansioso:

– E se eu estiver? Se eu estiver apaixonado pela professora?

Oh, Deus. Aquele homem, aquele pobre homem, era meu pai. E o meu pai estava ali, na minha frente, perguntando-me o que aconteceria se estivesse apaixonado pela professora. O que poderia lhe dizer eu? Que naquele momento estava renunciando ao sonho de ter a nossa família, a nossa pequena família, reunida de novo? Isso era o que eu tinha vontade de lhe dizer, e dizer com raiva, com muita raiva. Tratei, contudo, de reprimir a minha mágoa, a minha frustração. Mesmo porque ali estava havendo uma inversão de papéis; na verdade, papai estava me pedindo conselho, orientação: "Você está mais perto da idade da paixão do que eu, diga-me o que tenho de fazer". Esforcei-me por sorrir:

– Se você estiver apaixonado, papai, tudo bem. Você é homem, ela é uma mulher bonita, nada de mal nisso. Você só precisa agir com habilidade, para não se complicar. Não esqueça que você, afinal de contas, é um aluno – como eu, como o resto da turma. Além disso, você não sabe se o seu sentimento é correspondido. Ela pode até ter um namorado. Portanto, não se precipite. Aguarde um pouco.

Ele me agradeceu efusivamente. E, de repente, nada mais havia para dizer. Ficamos ali, num tenso, embaraçado silêncio, até que, para meu alívio, o homem do restaurante veio pedir para a gente liberar a mesa: havia pessoas à espera.

Poderia ser uma coisa bonita, aquilo: homem tentando reconstruir sua vida volta à escola, encontra uma professora que o ajuda, apaixonam-se, casam-se, vivem felizes para sempre. Mas nem sempre as histórias têm esse final esplendoroso, né? O meu pressentimento era de que breve atravessaríamos uma zona de turbulência emocional.

Não deu outra.

Depois daquela conversa, papai mudou. Como se, ele tendo admitido a possibilidade de estar enamorado da professora, a coisa agora fosse pública. Ficava toda a aula a olhá-la, enlevado; se ela contava uma piada qualquer – era, felizmente, muito bem-humorada –, ele ria que se matava. Trazia-lhe presentes e, no dia do aniversário dela, levantou-se e fez um discurso tão meloso que deixou todo o mundo espantado. A partir daí, papai tornara-se o alvo obrigatório das fofocas não apenas da classe, como do colégio.

E a professora? Será que estava se dando conta do que se passava?

Seguramente. Uma mulher inteligente como ela não poderia deixar de notar os arroubos de papai. Mas ela era tão sensível quanto sagaz. Poderia ter levado a coisa pelo lado pior; poderia até ter se queixado à direção. Mas não, continuou tratando meu pai muito bem, como se nada tivesse acontecido. O que era a melhor atitude. Se, como eu secretamente esperava, em algum momento meu pai caísse na realidade, dando-se conta de que aquela paixão era mais inspirada pela gratidão do que qualquer outra coisa, não se sentiria envergonhado. O mesmo achava a dona Teresa. Graças à sua fantástica rede de infor-

mantes – sabia de tudo, ela – descobrira o que estava se passando na escola e veio me falar a respeito: "Seu pai pode estar apaixonado, mas engana-se em relação à professora Sílvia".

– Ela não é para ele, Pedro. Uma mulher fina, elegante... Convenhamos, seu pai se enganou. Merece a nossa simpatia, ele, mas se enganou.

Merece nossa simpatia? Nem todos pensavam do mesmo modo. Havia colegas francamente irritados com a história, achando que meu pai não passava de um tolo, talvez até de um safado. Agora: havia alguém que estava particularmente contrariado. Contrariado, não. Enfurecido. O Trajano.

Desde o começo ele não simpatizara nem com papai nem comigo. Mal nos cumprimentava, mirava-nos com indiscutível hostilidade. Papai chegou até a comentar comigo: "Não sei o que fizemos para esse cara nos tratar tão mal". Mais de uma vez tentou uma aproximação, puxando conversa: às suas perguntas, Trajano respondia com irritados monossílabos. Quanto a mim, a vontade que tinha era de lhe dar uns tapas. Mas não podia fazer isso. Já tínhamos problemas demais, eu não precisava dessa encrenca adicional.

O Trajano, porém, não o deixaria em paz. Até que atinei com o motivo. Foi num intervalo entre as aulas. Numa roda de colegas, meu pai estava falando, como de costume, da professora Sílvia. E, como de costume, elogiava-a: grande professora, grande pessoa, inteligente, gentil... Ali perto, cara fechada, Trajano ouvia, quieto. E aí ouvi-o comentar com alguém:

– Esse Antônio pensa que é dono da Sílvia.

Dei-me conta: ciúme. O Trajano tinha ciúme de meu pai. Talvez também estivesse apaixonado por ela, talvez não; o certo, porém, é que se tratava de um ciumento.

Curiosamente, aquilo me deixou aliviado. Achei que deveria ser uma situação comum entre adultos cursando o colégio. Talvez idealizassem mais as professoras do que nós, os adolescentes. Em suma: optei por levar a coisa mais ou menos na brincadeira.

Mas não era brincadeira, como – para meu horror – não tardei a descobrir.

Grandes complicações

Estava chegando a época das provas. Meu pai estava nervoso, muito nervoso. Agora seu progresso seria avaliado, o que o deixava inseguro. Mas reagia bravamente, matando-se de tanto estudar. Levava os livros para o emprego e aproveitava o tempo revisando a matéria. Uma prova na qual ele particularmente queria se sair bem era – por razões óbvias – a de Matemática. Na véspera, deixou de dormir à tarde, como sempre fazia, para estudar. Mas foi para o depósito na hora de sempre.

Acordei de manhã cedo com sirenes de polícia. Não dei bola: isso acontecia frequentemente. Parece que era uma orientação do secretário de segurança, que, assim, mostrava serviço à população.

Eu tinha terminado de me vestir quando papai entrou no quarto. De imediato, dei-me conta de que algo muito grave tinha acontecido: ele estava branco como papel.

– Assaltaram o depósito – disse, numa voz que era pouco mais que um sussurro.

A primeira coisa que me ocorreu foi que ele estivesse ferido.

– Machucaram você? – perguntei, alarmado.

Ele sentou-se, ou melhor, deixou-se cair pesadamente sobre a cama.

– Não – disse. – Não estou ferido. Para dizer a verdade, nem vi os ladrões.

– Como?

– É como estou lhe dizendo: não vi os ladrões. Eu –

Uma pausa, tensa pausa, e concluiu:

– Eu estava dormindo. Estava na guarita, mas dormindo. Não vi nada. Até o meu revólver eles levaram.

Oh, Deus. Aquilo era sério. Um vigilante que dorme em serviço... Seguramente meu pai estaria na rua.

– Despediram você?

– Ainda não. Mas acho que vão despedir.

Era uma péssima notícia, aquela. Meu pai sem emprego: como pagaríamos a pensão? E a comida? E as outras despesas? As economias estavam quase no fim; o dinheiro que mamãe mandava não seria suficiente para nossa manutenção. Se ele não arranjasse outro emprego em seguida, estaríamos ferrados. Que emprego? Não de vigilante, com certeza. Quem empregaria um vigilante que adormece no trabalho? E que outro emprego ele encontraria, à noite? Talvez conseguisse algo durante o dia. Mas e os estudos? Teria de passar para o curso noturno, no qual as vagas praticamente inexistiam. Isso, se alguém ainda quisesse lhe dar emprego.

Não havia alternativa:

– Eu vou começar a trabalhar – anunciei.

Ele me olhou, uma expressão de dolorosa surpresa no rosto.

– Trabalhar? Você?

Sacudiu a cabeça:

– Negativo, Pedro. Você não vai trabalhar. Você vai estudar. De bobagens, já chega essa que eu fiz. Não, nós não vamos cometer esse erro. Trabalhar? Esqueça. Eu vou dar um jeito nisso, não se preocupe.

Olhou o relógio:

– E agora vamos. Está na hora da prova.

– Mas você não está em condições...

– Pois é. Mas vamos assim mesmo.

Chegamos tarde. Quando entramos, todos se voltaram para nos olhar. Não era difícil adivinhar a razão: seguramente o noticiário da manhã havia falado sobre o assalto.

– Você está bem? – perguntou a professora Sílvia (Trajano, naturalmente, mirando-a furioso).

– Estou bem.

– Se você quiser fazer a prova em outro dia...

– Não. Vou fazer a prova agora, junto com os outros.

Ela distribuiu as questões e todo o mundo começou a trabalhar.

Todo o mundo, menos eu. Não conseguia me concentrar. Por uma simples razão: não tirava os olhos do meu pai. Ele estava imóvel, cabeça baixa. O papel, à sua frente, estava em branco.

De repente, alguma coisa lhe aconteceu. Soltou uma abafada exclamação, pegou a caneta e começou a escrever furiosamente. Eu agora o mirava com espanto. Sílvia também. Inclinou-se sobre a prova e um sorriso aprovador apareceu em seu rosto.

Com o que eu também comecei a trabalhar. Pelo menos aquilo, Deus: pelo menos ele se sairia bem na prova.

A alegria durou pouco. Já no noticiário do meio-dia ouvimos comentários irônicos sobre o vigilante que dormira em serviço, "um Belo Adormecido qualquer", segundo o radialista. À tarde, bateram na porta do quarto. Era dona Teresa:

– Tem um homem no telefone querendo falar com seu Antônio.

Uma pausa, e acrescentou:

– É da polícia.

Confesso que levei um susto. Meu pai, no entanto, estava tranquilo – ou tentava aparentar tranquilidade:

– Decerto querem o meu depoimento.

Desceu, falou ao telefone. Quando voltou, já não parecia tão despreocupado.

– Querem que eu vá imediatamente.

– Vou com você.

– Não. Prefiro ir sozinho.

Voltou-se para dona Teresa, que continuava à porta, ouvindo a conversa:

– A senhora dá licença? Preciso falar com meu filho.

Ela se foi, nariz empinado, resmungando. Ele fechou a porta, voltou-se para mim:

– Escute: pode ser que a coisa complique. Pelo jeito, eles não estão acreditando em mim. Talvez até me detenham para interrogatório...

A sensação que eu tinha era de um pesadelo: não pode ser verdade, eu repetia, isso não está acontecendo.

– Se eu não voltar, não se preocupe. Saberei dar um jeito. Outra coisa: não ligue para sua mãe. A coitada vai ficar muito aflita – e ela não merece isso, não merece se incomodar de novo por minha causa.

Era demais: comecei a chorar. Ele não disse nada, puxou-me, abraçou-me e ali ficamos, eu soluçando, ele imóvel, em silêncio. Finalmente, desprendeu-se de mim:

– Tenho de ir – disse, docemente.

E se foi. Sentei-me na cama e fiquei à espera.

Não o detiveram. Interrogaram-no, colheram o seu depoimento. Ele assinou o papel, e aparentemente estava liberado.

Mas não estava. O pior ainda iria acontecer.

Dois dias depois, dona Teresa bateu à nossa porta, de manhã bem cedo. Trazia o jornal da cidade:

– Já viram isto?

E ali estava, na página policial, a manchete: "Vigilante noturno é suspeito no assalto ao depósito das Lojas Amarante". Era uma longa matéria. Falava do passado de meu pai, condenado por corrupção e insinuava que a história poderia ter se repetido, agora sob a forma de um roubo vulgar. Ah, sim, e mencionava a fonte de todas aquelas informações: Trajano Correia. Viajando por todo o país, Trajano passara por nossa cidade bem à época do escândalo e lembrava de tudo. Resolvera procurar o jornal para, como dizia a matéria, cumprir com seu dever de cidadão.

Aquilo me deixou transtornado, absolutamente transtornado. Eu queria ir atrás do canalha, moê-lo a socos.

Papai segurou-me:

– Não vale a pena – disse, com um triste sorriso. – De qualquer jeito o mal já está feito.

E estava feito mesmo. Porque naquele momento uma ideia me passou pela cabeça, uma ideia terrível. E se realmente aquilo fosse verdade? Se meu pai estivesse mancomunado com os ladrões? "Finjo que estou dormindo: tenho uma boa desculpa para isso, o cansaço dos estudos. Vocês entram, levam o que quiserem e depois me dão um terço do que ganharem." Poderia ser isso? Poderia meu pai ter tido uma, por assim dizer, recaída?

Bastou-me olhá-lo para ver que eu estava cometendo uma injustiça. Ele percebeu-o:

– Eu sei, filho, que é difícil acreditar na minha história. Mas isso não tem mais importância para mim. Nenhuma importância.

Palavras proféticas, como eu constataria na manhã seguinte.

Papai não quis jantar. Disse que estava cansado e iria dormir cedo. Fez até uma brincadeira, melancólica brincadeira:

– Espero que consiga dormir à noite. Depois desse tempo todo como vigilante, até já me desacostumei.

E realmente não dormiu. Eu sei, porque também não dormi. Passei a noite toda acordado. Às vezes ouvia-o suspirando baixinho.

De manhã, nos levantamos, tomamos café e fomos para o colégio. Aquilo era uma coisa que, eu estava seguro, tínhamos de fazer: manter a nossa rotina, apesar de tudo, enfrentar os outros.

Para minha surpresa, não foi tão difícil. Olhavam-nos, os colegas; claro, eu faria o mesmo no lugar deles. Mas não nos hostilizavam; nada de deboches, nada de manifestações de desagrado. Pelo contrário: não faltaram colegas que vieram se solidarizar com meu pai: aquilo tudo era um engano monstruoso, logo as coisas ficariam esclarecidas.

E aí entramos na aula. A professora Sílvia já estava lá, com as provas.

Sentamo-nos.

– Quero me congratular com vocês – ela disse. – Foram todos muito bem na prova. Como professora, sinto-me gratificada.

Interrompeu-se um instante e continuou:

– Quero mencionar duas pessoas que, do meu ponto de vista, se destacaram de maneira especial. Uma é a Cristina.

Todos aplaudiram: Cristina, mãe de quatro filhos, fazia um sacrifício enorme para poder estudar, e nós sabíamos disso.

— A outra é o Antônio Silva.

Um instante de vacilação e logo os aplausos estrugiram, entusiasmados.

Meu pai se levantou. Obviamente queria dizer alguma coisa, mas antes que pudesse falar, ouviu-se uma voz, do fundo da sala:

— Pouca vergonha!

Era o Trajano, claro. De pé, vermelho de raiva, ele parecia possesso:

— Pouca vergonha! — repetiu. — Então um cara que foi um político corrupto, que está sendo investigado pela polícia por causa de um roubo, esse cara merece elogios? Por quê, alguém pode me dizer?

Papai voltou-se para ele. A fisionomia absolutamente tranquila, ele ia dizer alguma coisa. Não conseguiu fazê-lo: tombou sobre a carteira.

O acidente vascular cerebral levou-o para o hospital, onde ele ficou duas semanas em estado muito crítico. Minha mãe e eu revezamo-nos junto a ele. Eu, angustiado, chorava sem cessar; ela, calejada pela experiência profissional, continha as emoções. "Ele vai se recuperar", garantia.

— É típico do teu pai — dizia, à guisa de consolo — criar pânico nas pessoas.

De fato, ele começou a melhorar. Simultaneamente surgiu uma notícia consoladora: um dos ladrões do depósito tinha sido preso pela polícia e confirmara que, de fato, haviam entrado ali porque meu pai dormia a sono solto na guarita.

— Até roncava — disse o homem, numa entrevista à rádio, e essa frase soou aos meus ouvidos como doce melodia: roncos. Sim, aquilo era o meu pai dormindo, não podia haver dúvida. Portanto, ele dissera a verdade. Ao menos para inocentá-lo, os roncos tinham servido. O jornal da cidade publicou uma matéria, dizendo que Trajano os tinha enganado, pedindo desculpas aos leitores e em especial a meu pai. Que nem sequer foi indiciado no inquérito policial.

Papai recuperou a consciência, mas ficou com a metade do corpo paralisada, falando muito mal. Nós o levamos de volta para casa, e aí surgiu o problema: quem cuidaria dele? Foi a pergunta que fiz à mamãe, quando nos sentamos para discutir o assunto. Ela não hesitou:

– Eu. Eu vou cuidar dele.

Mesmo vindo de minha mãe, mulher de decisões inesperadas, aquilo era uma coisa surpreendente, tão surpreendente quanto comovente.

– Tem certeza?

– Tenho certeza.

– Mas, mamãe, a sua vida agora vai mudar por completo...

– Eu sei. Mas é o que eu quero fazer. Não se preocupe, terei quem me ajude: tem essa moça, a Evinha, uma atendente que eu mesma treinei, e que é ótima para cuidar de pessoas inválidas. Vai dar tudo certo, você verá.

No começo, não deu tudo certo. Cuidar de meu pai era uma tarefa que exigia boa parte do tempo, e da atenção, de mamãe. Por causa disso ela passou por um drama pessoal. O homem com quem ela vinha saindo não gostou nada da situação e intimou-a a escolher: ou ele ou o ex-marido. "Já escolhi", foi a seca resposta dela:

– Não abandonarei quem precisa de mim.

Voltar à cidade proporcionou-me algum consolo. Para começar, retomei o namoro com a Fernanda. O que teve um efeito inesperado: ela se dispôs a auxiliar no cuidado a meu pai. Para o que tinha uma verdadeira vocação – aliás, atualmente está estudando enfermagem e é uma aluna brilhante.

Com tanta gente ajudando, papai começou a melhorar. Falava com dificuldade, mas falava. Os movimentos do braço lentamente foram voltando. E um dia fez-me um pedido inesperado: "Quero voltar a estudar". Disse-o com tanta simplicidade, com tanta humildade – mas, ao mesmo tempo, com tanto fervor e sinceridade – que senti um nó na garganta. Não havia dúvida de que aquela resolução era a mais importante de sua vida, um objetivo que ele se teria traçado nas longas horas em que, imobilizado e quase sem esperança, pensara sobre sua vida.

Falei com mamãe. Ela não hesitou:

– Vamos providenciar.

Falou com uma jovem professora da cidade que tinha experiência no ensino de pessoas com problemas semelhantes aos de papai. Ela imediatamente aceitou o desafio. Vinha todos os dias. Sob sua orientação, papai lentamente foi progredindo. Voltou a ler; lia com dificuldade, mas lia. Mais difícil foi escrever – mas, num dia de glória para ele, mostrou-me uma folha de papel em que tinha escrito, numa letra trêmula, o meu nome.

O tempo foi passando. Entrei na Faculdade de Direito. Era difícil, porque àquela altura eu estava trabalhando – precisava ajudar nas despesas da casa, que não eram pequenas. Mas finalmente concluí o curso. E aí chegou o dia com que eu tanto sonhara, o dia da formatura.

Foi uma festa bonita. Para a qual eu tinha uma convidada especial: a professora Sílvia. Um mês antes da formatura liguei para ela:

– Faço questão de que você esteja aqui.

Ela disse que viria com prazer, mas fez uma ponderação: talvez fosse, para o meu pai, uma sobrecarga emocional vê-la novamente.

Falei com o médico, que pensou um pouco e achou que valia a pena correr o risco: afinal, Sílvia tinha sido importante para ele, uma experiência vital. "E a vida", disse, "é algo que a gente não precisa temer".

Estava certo. Sílvia veio, e o encontro dela com papai foi comovente. De início, ele a olhou com certa estranheza e mesmo curiosidade. Então, reconheceu-a e seu rosto se iluminou com uma alegria que havia muito não mostrava. Sílvia chorava, mamãe chorava, eu chorava... Enfim, foi um festival de emoção. À noite foram todos à cerimônia de colação de grau, no salão da reitoria. Papai ali estava, numa cadeira de rodas.

Orador da turma, pensei em fazer uma referência à presença dele; pensei até em dizer algo como: "Este diploma não me pertence, pertence a uma outra pessoa, uma pessoa que sonhou em fazer um curso superior".

Não disse, nem precisei dizer. Meu pai sabia disso, graças a essa secreta comunicação que entre nós funciona. E pela qual ele continua me ensinando essa coisa tão importante que é a arte de viver.

O autor

Arquivo pessoal

Quando as pessoas me perguntam como e por que me tornei escritor, retorno de imediato à minha infância, vivida no bairro do Bom Fim, em Porto Alegre. Era um bairro de emigrantes, gente pobre, mas que tinha uma intensa vida em comunidade — como se fosse uma única e grande família. Fazia parte dos costumes deles reunirem-se todas as noites na casa de alguém para, tomando chá ou chimarrão, contar histórias. Era a diversão possível numa época em que a tevê não existia e em que o cinema era muito caro. Essas histórias, que me encantavam, foram minha primeira motivação para a literatura. A esta, outra logo se acrescentou. Minha mãe que, diferentemente de outras pessoas do bairro, conseguira estudar e era professora do ensino fundamental, introduziu-me muito cedo nos livros. Uma vez por mês levava-me a uma grande livraria, para que eu comprasse livros. O que me dava grande alegria, mas me deixava preocupado. Eu sabia que o nosso orçamento era apertado e temia que aquele dinheiro pudesse fazer falta em casa, para roupas, quem sabe até para comida. A resposta de minha mãe era sempre a mesma: "Em nossa casa pode faltar qualquer coisa, mas não podem faltar livros". Cedo, eu estava escrevendo minhas primeiras historinhas, que passavam de mão em mão. "Este vai ser o escritorzinho aqui do bairro", diziam as pessoas, e era só o que eu queria ser: o escritorzinho do Bom Fim. Tudo o que veio depois foi uma surpresa.

A vivência de filho de emigrantes está muito presente em minha obra, mas também a de estudante de medicina e de médico de saúde pública — uma especialidade em que a gente está em íntimo contato com a realidade brasileira, uma realidade não raro injusta e até cruel.

Meu primeiro livro foi publicado em 1968. Desde então, não parei mais, e hoje tenho 55 obras, várias traduzidas, várias premiadas. A ficção juvenil desempenha em meu trabalho um papel importante. Quando escrevo para jovens, lembro o jovem leitor que fui e que procurava nos livros prazer, encanto e resposta para os problemas da existência. Se os leitores encontrarem isso em minha obra, ficarei feliz. Em *Aquele estranho colega, o meu pai*, entro em uma temática que me fascina: a relação entre pais e filhos, uma relação às vezes complexa, mas fundamental para o ser humano. Essa história não é verdadeira, mas não está muito longe da verdade. Espero que vocês gostem de ler — como eu gostei de escrever!

ENTRE LINHAS ADOLESCÊNCIA

Aquele estranho colega, o meu pai

Moacyr Scliar

Suplemento de leitura

Antônio Silva era vereador numa cidade pequena. Pego tentando comprar votos na Câmara para favorecer uma construtora, teve o mandato cassado. Sem salário e sem bens – afinal, nunca conseguira aplicar *os grandes golpes* com que tanto sonhara –, é reduzido à miséria, além, é claro, de conseguir o desprezo da população local. Sua ex-mulher, Marlene, vê uma única solução: ele teria de recomeçar a vida em outra cidade. Como está fragilizado psicologicamente, ela convence o filho deles, Pedro, a acompanhar o pai.

Pedro detesta a ideia. Ele e o pai estavam afastados havia muito, ainda mais com a separação do casal. O pai, além de corrupto, fora um marido do tipo pilantra; fizera Marlene sofrer o diabo. O que menos o rapaz poderia desejar seria uma convivência forçada com o pai, longe de seus amigos e da namorada. Mas acaba se deixando vencer pelo senso de obrigação em relação ao pai – o dever de ajudá-lo, num momento tão difícil.

Na nova cidade, Antônio vai trabalhar como vigia noturno e até se matricula numa escola, pretendendo concluir o Ensino Médio e entrar para a faculdade de Direito – seu sonho, antes de desandar na vida.

Na escola, vai parar na mesma turma do filho, o que representa mais uma contrariedade para Pedro. Ocorre, então, que esse e muitos outros conflitos entre os dois começam a se resolver, à medida que Pedro se dá conta de que o pai está sinceramente decidido a mudar, reconhecendo seus erros com uma humildade jamais vista. Aos poucos, Pedro, mesmo relutante, começa a sentir orgulho do esforço do pai. A vida dos dois ainda sofre reveses, alguns dramáticos, com o passado de Antônio ameaçando voltar e arruinar tudo o que ele conseguira; e mesmo um derrame cerebral, que o priva, parcialmente, dos movimentos. Mas nesse instante, Marlene ressurge, assumindo a responsabilidade de cuidar dele, dando-lhe, assim, nova chance de lutar para se recuperar.

No final, Pedro reconhece – o que nunca esperaria, no início da história – que acabou recebendo do pai uma lição de vida.

Por dentro do texto

Personagens e ambientação

1. Antônio Silva, pai de Pedro, é uma personagem bastante *controversa* (esta é uma boa palavra para você conhecer, consultando o dicionário). É um político que propõe um negócio ilícito, garantindo que seria "Mais fácil que roubar de velhinhas" (p. 6). Marlene, a mãe de Pedro, reconhece as falhas do ex-marido, mas também "que, no fundo, ele não passava de um tipo infantil, ingênuo, desses que passam o tempo sonhando com o grande

golpe" (p. 8). E há ainda a transformação que ele sofre, depois de cassado e forçado a deixar a cidade. Lembrando a história, como você descreveria Antônio Silva?

2. "A nossa cidade não tinha nada de especial; nada de belas paisagens, ou de largas avenidas, ou de prédios monumentais. Mas era a minha cidade, ali eu tinha nascido e me criado" (p.16). Relendo os primeiros capítulos do livro, que impressão você tem da cidade em que Pedro morava? Como devia ser o relacionamento dos habitantes? E o dia a dia por lá?

3. Marlene, a mãe de Pedro, intervém na história em momentos *cruciais* (outra palavra para você checar no dicionário, que tal?). Como você a descreveria? Que impressão você tem da personagem?

4. Se você estivesse no lugar de Pedro, aceitaria a exigência de Marlene para acompanhar o pai numa mudança de cidade? Por quê?

ral. Essas câmaras compõem o *Poder Legislativo*, do qual faz parte ainda, no âmbito federal, o *Senado*. A *República* no Brasil tem três poderes: o *Legislativo*, o *Executivo* e o *Judiciário*. Que tal fazer uma pesquisa para descobrir o que significam esses termos, que caracterizam a organização de nossa representação política? Dê alguns exemplos de áreas de atuação e de atribuições específicas de cada um desses poderes e de suas instâncias (municipal, estadual e federal). Depois responda os itens a seguir.

a) Quem é o chefe do Executivo de um município?
b) E do Executivo de um Estado?
c) E do Executivo da federação?
d) Em apenas um desses poderes (Legislativo, Executivo e Judiciário), os titulares não são eleitos pelo voto popular. Em qual deles?

13. No jornal da cidade de Pedro foi publicada uma charge retratando o vereador Antônio Silva fugindo dos que queriam cassá-lo. Que tal coletar algumas charges políticas de jornais e apresentá-las, em grupo, explicando a que episódio e personagens – geralmente os que estão mais em evidência no momento – elas se referem?

14. Em suas campanhas políticas, muitos candidatos apresentam *slogans*, frases que sintetizam o que pretendem fazer se forem eleitos. Que tal criar alguns *slogans* para campanhas políticas, representando propostas que levariam você a votar em determinado candidato?

15. A música popular brasileira sempre teve como um de seus temas os problemas de nosso país. Atualmente, escutamos muitas composições desse tipo, tratando de corrupção, racismo, desigualdades sociais, etc. Que tal bancar o *DJ* politizado e apresentar uma seleção de músicas que mencionem problemas atuais de nosso país?

9. Ao final, Pedro, formado em Direito, e agora orgulhoso do pai, diz que aprendeu com ele a importante "arte de viver". Baseado na história, como você resumiria as "lições de vida" passadas a Pedro pelo pai?

Produção de textos

10. Antônio, ao escrever uma redação sobre conduta ética, acrescenta o subtítulo "Mensagem a um jovem". Que tal escrever uma *mensagem* sobre o mesmo tema? E a quem você a destinaria? Ao jovem também? Ou acharia mais importante dirigi-la a outro público?

11. Logo no início da história, Pedro, como despedida, passeia pelo bairro em que nascera. O que vê lhe desperta muitas lembranças e saudade. E você? Que tal descrever o bairro ou o quarteirão onde mora, ou até mesmo sua cidade, destacando alguma lembrança importante, que mostre o que tal cenário tem a ver com você e com sua vida?

Atividades complementares

(Sugestões para Cartum, Literatura, Música, História e Geografia)

12. O pai de Pedro era vereador, ou seja, membro da *Câmara municipal*. Mas existem também a *Câmara estadual* e a *Câmara fede-*

Linguagem

5. Na página 39, Pedro diz que o esforço dele para explicar ao pai Matemática por vezes transformava-se num *calvário*. O que significa essa palavra e com o que Pedro comparava esses momentos?

6. Na página 46, para mostrar como Marlene reagiu ao agradecimento de Antônio, Pedro recorre a outra metáfora (se você não souber o que quer dizer essa palavra, consulte o dicionário), quando diz que ela ignorou *olimpicamente* o cumprimento. O que significa, nesse contexto, essa expressão?

7. Só para checar: você sabe a diferença entre *cassar* e *caçar*?

Enredo

8. Quando Pedro tenta passar cola para o pai, na prova de Matemática, Antônio se levanta e grita: "– Eu não quero isto! [...] Você não vê? Eu não quero isto! Eu tenho de resolver essa coisa sozinho, nem que morra tentando!" (p. 40). É provável que Pedro tenha aprendido algo, nesse momento, sobre a mudança que estava ocorrendo nos valores do pai. Qual seria essa mudança, na sua opinião?

Entrevista

Aquele estranho colega, o meu pai é a história de um vereador corrupto que, cassado, decide mudar de vida e se aproximar do filho. É um livro que mostra um aspecto do Brasil que nenhum de nós aprecia, mas com o qual convivemos, obrigatoriamente. E apresenta personagens que dão vida própria, rosto e sentimento a esse drama político e ético.

VOCÊ DIRIA QUE A SITUAÇÃO DO PAÍS E DOS BRASILEIROS É MELHOR HOJE EM DIA — EM QUE HÁ ESSE ANSEIO DE QUE A POLÍTICA E A ÉTICA SE ENCONTREM — DO QUE ALGUM TEMPO ATRÁS? OU É VERDADEIRA A IMPRESSÃO DE MUITOS DE QUE A CADA DIA AFUNDAMOS MAIS?

• Não tenho a menor dúvida de que o país melhorou. Qualquer pessoa que, como eu, tenha vivido sob o regime autoritário, estará de acordo com essa opinião. A população hoje está muito mais bem informada, mais decidida e disposta a exigir ética e transparência na administração pública. Isso é verdadeiro especialmente em relação aos jovens, que, em recentes acontecimentos, mostraram um admirável grau de conscientização.

MUITA GENTE COMEÇA A PENSAR QUE, NO TEMPO DA DITADURA, COM UM GOVERNO FORTE, CONTROLADOR, REPRIMINDO A OPOSIÇÃO NO CONGRESSO E NA SOCIEDADE, E COM SERVIÇOS SECRETOS VIGIANDO A TUDO E A TODOS, ROUBAVA-SE MENOS. O QUE VOCÊ DIRIA A ESSE RESPEITO?

• Não estou de acordo com isso. O governo pode ser forte e controlador — mas quem controla os controladores? Quem tem a força para isso, senão a democracia? O melhor controle é o controle social, aquele que é exercido pela comunidade dos cidadãos livres e bem informados. Quando há liberdade de informação, fica-se sabendo das coisas, e isso pode passar a impressão de que a corrupção aumentou. Mas essa impressão pode ser equivocada: o que aumentou foi a nossa percepção do que se passa nos bastidores do poder.

O QUE SERIA PARA VOCÊ UM GOVERNO ÉTICO? E POLÍTICOS ÉTICOS? OU ISSO É UMA UTOPIA?

• Quando falamos em ética, não estamos falando em utopia. Estamos falando de uma coisa perfeitamente realizável, ao alcance de todos nós. E extremamente desejável, inclusive porque é mais fácil viver com ética. Quando nos respeitamos uns aos outros, quando seguimos os imperativos da moral, a convivência torna-se uma coisa mais simples e mais gratificante. Corrupção é um transtorno para todo o mundo. Às vezes, até para os corruptos.

NÓS, O POVO, VOTANTES, CONTRIBUINTES, CIDADÃOS, TEMOS ALGUM PAPEL OU PODER A DESEMPENHAR OU EXERCER DE MODO QUE A PRÁTICA POLÍTICA SE TORNE MAIS CONFIÁVEL? TEMOS UMA PARCELA DE CULPA, SE HÁ TANTOS POLÍTICOS QUE NÃO SE MOSTRAM DIGNOS DO MANDATO?

• Democracia é uma coisa que se aprende. E se aprende por aproximações sucessivas, pelo método de tentativa e erro. Vamos quebrando a cara, enganados por falsas promessas, até que aprendemos a analisar melhor o discurso político, diferenciando a demagogia da intenção séria. Esse aprendizado é uma obrigação. A corrupção política é como planta daninha: nasce e cresce em parte por nosso descuido.

NO FINAL, SEU LIVRO GANHA UM TOM OTIMISTA. PAI E FILHO PASSAM A SE CONHECER. O VEREADOR CORRUPTO SE ARREPENDE, BUSCA RECUPERAR SEUS SONHOS DE JUVENTUDE E SUA AUTOESTIMA. E ATÉ O CASAL, DE CERTO MODO, SE RECONCILIA. NÃO DEIXA DE SER UMA APOSTA NO SER HUMANO, NA SUA CAPACIDADE DE RETOMAR O DESTINO NAS MÃOS E *FAZER MELHOR*... OU NÃO?

• Sou otimista. Mas não sou um otimista ingênuo. Sou um otimista por causa de minha vivência — de escritor, de médico de saúde pública, de cidadão, enfim. E essa vivência me ensinou que o ser humano tem uma admirável capacidade de recuperação. Assim como o nosso organismo vence as incontáveis ameaças que enfrenta, o nosso espírito é capaz de dar a volta por cima. A fórmula para isso? Eu a resumiria numa palavra: *solidariedade*.